土に触れて魔法を使う。全くといっていいほど栄養が無い痩せた土地に、魔力で生成した窒素だのリンだのといった化学物質を流し込んでいく。

「……よし。こんな感じだね」

～働きたくないので、今のうちに魔法で開拓しておきます～

二度目の人生は「ぐーたらライフ」で。

nidome no jinsei ha guutara life de.

辺境貴族の末っ子、
アリア
カールトン家四女。リックの姉。卓越した剣の才能と身体能力の持ち主。気が強く、リックに対してすぐに手が出る。
リック
過労死寸前の社畜だった転生者。10歳にしてあらゆる属性魔法が使える魔法使い。将来引きこもってぐーたら暮らせるよう奮闘中。

鍛え上げた魔法で領地を開拓!!
サミィ
リックとアリアの姉。男装の麗人。人の好さも相まって領内の女性からも人気が高い。
ヴォルフ
リックの父親。かつて国を救った英雄。政争に巻き込まれ、辺境に飛ばされた。お酒が絡むとダメ人間になる。
エレナ
リックの母親。怒らせると怖い。かつてヴォルフと共に戦った傭兵で、ヴォルフは頭が上がらない。

「まずは着火の魔道具から作ってみっか」
土魔法を駆使して本に書いてある通りに溝を彫って、
そこに魔石の粉末を詰め込んでみる。

二度目の人生は「ぐーたらライフ」で。

~働きたくないので、今のうちに魔法で開拓しておきます~

nidome no jinsei ha guutara life de.

author
開会パンダ

illustration
桧野ひなこ

口絵・本文イラスト
桧野ひなこ

デザイン
木村デザイン・ラボ

もくじ

本書は、二〇二四年にカクヨムで実施された「第9回カクヨムWeb小説コンテスト　異世界ファンタジー部門」で特別賞を受賞した「ぐーたらライフ。～これで貴族？　話が違うので魔法で必死に開拓します～」を改題、加筆修正したものです。

プロローグ

「突然の事で驚いとるじゃろうが、まずは謝らせてくれんかの。本当にすまんかった」

「はぁ……」

360度広がる白い雲と青い空。そして腰を下ろしているのは宙に浮く畳で、俺と訳も分からず頭を下げてきた爺《じい》さんとの間には飴色《あめいろ》のアンティークちゃぶ台があって、その上には程よい温度のお茶が入ってる魚へんの漢字がびっしり書かれた湯呑《ゆのみ》と栗羊羹《くりようかん》が2人分あるんで、とりあえずひと口。

「お？　美味《うま》い」

「じゃろう？　なにせと○やの栗羊羹じゃからな。好きなだけ食うとええ」

「へぇー。金持ちなんすね。じゃあ遠慮なく」

そう聞くと余計に美味く感じる。なにせこんなお菓子を食うのは数年ぶりだ。

大学を卒業して普通に就職したかったんだけど、雇われたのはこのご時世大して珍しくもないブラック企業。休みなしの薄給でそのほとんどが家賃に消えていくようなひもじい生活を送ってきたから、こんな贅沢品《ぜいたくひん》は久しぶりだ。

「さて……それでは話をするがええかの？」

「おっと。お待たせして申し訳ないっす」

十分に甘味《かんみ》を堪能させてもらい、お茶でひと息ついたところで爺さんの話に耳を傾ける事に。

なんでも——俺こと鈴木《すずき》一《はじめ》は目の前の爺さんに殺されてしまったらしい。

「なんで殺されたんすか？」

「地球の神との宴会で酔っ払ってちょっと……のぉ」

聞かなきゃよかったなぁ。

けど、そんな事をされた記憶が全くないと告げると、思い出すとその激痛に耐えられなくなるんで、すでにその辺りの記憶はゴミとして捨ててしまったのだとか。俺の記憶って一体……。

まぁ、あのまま働いていれば遅かれ早かれ死んでただろうからそこまで未練はないけど、わざわざこんな場所まで連れてこられた意味が分からないと尋ねると——

「それはのぉ。ワシのせいでお主の魂がすでに地球の生物としての転生を受け入れられんようになってしまったからなんじゃ」

「どういう事っすか？」


目の前に居る爺さんは地球とは別の世界の神様らしく、誤って俺を殺した際にその別世界の力が混じってしまって、それを吐き出さない限りは地球での輪廻《りんね》転生は不可能らしい。

「じゃあ俺はどうなるんすか？」

「ワシの世界で新しく1人の人間として生きて死んでもらうしかないんじゃよ」

「つまり、異世界転生ってやつですか？」

「そうじゃ。最近、日本で流行《はや》っておる異世界転生ってやつじゃ」

おぉー。まさかあの噂の異世界転生の権利が俺にやって来るとは。

確かにブラック企業に勤めてたりしたけど、そんな人間はそこら中に居る。

その中から、宝くじが当選するみたいな確率で俺が選ばれた。うーん……運がいいんだか悪いんだか。

「まぁいいか。それで？　俺はどんな場所に転生するんですか？」

「好きな場所を選ばせてやるぞい。全面的にワシが悪いからの。ある程度のわがままは聞いちゃる」

「転生先はどんな世界なんですか？」

「剣と魔法の中世世界じゃな。魔物もおるからそこそこ危険じゃ」

「という事であれば、やっぱ貴族かな」

生前は貧乏暇なしと言わんばかりにハードワークしてたからね。次の人生は安全な場所でのんびりゆったり過ごしたいし、ある程度甘い物や美味い料理に舌鼓を打ちたい。後はやっぱ綺麗《きれい》な彼女が欲しい。ハーレムなんて贅沢は言わんから。

となれば、選ぶのは貴族一択。それも貧乏すぎず裕福すぎない男爵か子爵あたりがねらい目だと俺は思う。あくまでイメージだが、上位貴族は裕福だがお稽古《けいこ》とかパーティーとかが頻繁に開催されててマジ面倒そうだし。

「そうじゃなぁ……その条件に当てはまる貴族はおらんのぉ」

「じゃあ貧乏でもいいです」

裕福さを捨てるのは惜しいけど、貧乏と天秤《てんびん》にかければスローライフが圧倒的に優先順位は上だ！　折角転生するってのに、また忙しい人生を送るのは断固として拒否だ！

「そうなると、丁度男爵の次男に空きがあるわい」

その両親は、とある王国の辺境に領地を持ってるらしい。

どうやら戦争で活躍した傭兵《ようへい》が貴族として取り立てられたらしく、後ろ盾もなければ味方してくれる貴族もほぼいなかった結果、この男の武功で傾きかけた国が持ち直すまでに至ったというのに、与えられた褒美は村が1つあるだけのやせ細った広大な土地。

そんな男爵の次男か……健康的に過ごせてさえいれば、いずれ領地を受け継ぐのは兄貴になるだろうから、俺は貧乏領地に縛られる事無く悠々と暮らしていけるかな。

「そこでいいです」

「ふむ……他に欲しいモンは無いかの？」

「なら魔法が使えるようになりたいですね」

「ではあらゆる属性魔法が使えるようにしてやろうではないか」

「おぉ……ありがとうございます」

「まぁ、キッチリ訓練せんといかんがな」

「そこは赤ん坊からスタートなら時間は相当あるから大丈夫でしょう」

ちなみに訓練方法はというと――

まずは自分の魔力を感じるところから始まり。

次に属性を理解。

その後に詠唱を記憶して。

最後に魔法を使って魔力量を増やす。

才能如何《いかん》にもよるらしいけど、これらの訓練を続ける事でいずれは自由自在に魔法が使えるようになるんだとか。


「さて……一応これで終わりじゃが、何か聞き残した事は無いかの？」

「そうですね。貧乏を脱却するためにどの程度までやっていいのか伺っても？」

貧乏でぐーたらするのはさすがに気が引ける。

かといって領地を豊かにしすぎると、他の貴族に目を付けられる。

一番の問題は、そのせいで俺がそこの領主になっちゃう事だ。どんな手を使っても、それだけは避けないといけない。

俺は程々の豊かさで死ぬまでぐーたらしたいだけ。

詳しく言うなら、３食昼寝付きおやつアリ。労働時間は１日３時間。これが理想かな。

王都にも旅行程度でなら行ってみたいし、瞬間移動みたいな魔法が使えれば、世界中に遊びに行ける。

汲《く》み取《と》り式だったら水洗トイレにしたいし、風呂《ふろ》だって毎日入りたい。

冷暖房は……魔法で何とかなるとして、いざって時の自衛力としてミサイル開発――はやりすぎかな。っていうか、作り方も分かんないから考えるだけ無意味だな。

「そうじゃのぉ……やりすぎるようじゃったら一応注意しに行くわい」

「分かりました。それじゃあ最後になるんですが、生物を殺しても平気なようにしてもらえます？」

生前は虫を殺すのが精一杯だった俺としては、魔物と聞いていくつか思い浮かんだ中にゴブリンが居た。

スライムだの一角ウサギだのはまだ頑張ればいけるかもしんないけど、さすがに人型は無理。どうしても人殺しという一文が脳裏にチラつく。

魔法なんて力があっても、殺意を向けてくる相手にそれが使えないんじゃ宝の持ち腐れだしね。

「そうじゃったな。お主は平和な国で生きておったようじゃから無理もあるまい」

「お世話かけます」

「なんのなんの。元をたどればワシがした事じゃ。では達者で暮らすんじゃぞー」

そんな言葉を最後に、俺は雲海から真っ逆さまに落ちていった。

◇◇◇

「ふむ……リックはあまり――いや、全く泣かないが大丈夫だろうか」

「もー。あなたは心配性ねー。おばばが大丈夫だって言ってたじゃないー」

「そうかもしれんが、なにせ魔力を持つ子だ。出来る事なら大成させてやりたい」

この声は父と母か。うーん……心配させてるのは悪いと思うけど、やっぱおぎゃーと泣きわめくのはキツイ。だから先に謝っておこう。今後もそんな事はしないです。ごめんなさい。

それと大成させたいって話だけど、悪いがそのお願いを聞き入れる気は毛頭無い。

何せ俺は、働かずに生きて大往生する予定なんだからな。

そう！　突然だけど俺は鈴木一。社会の歯車としてブラック企業に薄給でこき使われていたしがない元・おっさん、現在転生者3カ月目の赤ん坊だバブ。

「……気のせいか？　凄《すご》く嫌そうな顔をしてるように見えるんだが」

「そうねー。一体どうしてかしらー？」

どうやら父の期待に応えたくないという確固たる意志が表情に出てしまっているらしい。だが仕方ない。俺は、今世は働かずに生きる——いわゆるぐーたらライフを送ると決めてるからね。

「ま、まぁ。とりあえず元気に育ってくれるよう見守っていこう」

「そうねー。すくすく育ってほしいわねー」

ほのぼのとした会話が終わり、両親が出て行くのと入れ替わるように入ってくる人影が4つ。

「わぁ〜。いつ見ても可愛《かわい》い〜」

俺の頬を突《つつ》くのは、結婚間近だというおっとりとした姉。

「本当ですね。ゲイツとはまた違った可愛さがあります」

イケメンな笑みを浮かべてるのが、中性的な容姿の姉。

「元気に育つんだぞ」

成人したら沢山の女を泣かすんじゃないかってくらいイケメンの兄。

「にしし。アリアだよー」

はつらつと笑う姉。家族構成はこの他に、他家に嫁いでいった姉が1人居るらしい。

家庭内は平和そのもの。末の姉が、赤子の俺にするには若干乱暴じゃない？　って感じるスキンシップをしてきてイラッとするけど、それ以外はおおむねのんびりとした時間が流れてる。

これこれ。ブラック企業でこき使われ、欠片《かけら》の憩いもないまま定年まで会社と家の往復のみを繰り返す、なんて生活とは打って変わって大往生までこうしてのんびりぐーたらするんだろう。

赤ん坊の仕事は寝る事というけれど、本当に少し油断するとあっという間に夢の世界。その日もいつものようにたっぷりと寝て起きたら随分と暗い。変な時間に起きたなぁとボケッと考えてると、小さいが今世の父と母の会話が聞こえてきた。

ふむふむなーるほどね。ふむなーる。内容は作物が育たないとか、毎年冬に人が死ぬとかほとんどネガティブ。ってかそれしかないんじゃないか？　と思うくらいな会話しかしてない。聞いてるこっちが滅入ってくるほどだよ。これはちょっと約束が違うよなー。

こいつは困った。すーごく困った。マジヤバいってくらい困ったぞ。

このまま手をこまねいていたら、我が2度目の人生はあっという間に終了を迎える。それは絶対に回避しなくちゃなんない。だって大往生するまで働かず自由気ままに生活する——いわゆるぐーたら道を極めると心に決め、すでにぐーたら神を唯一神とする、ぐーたら教に入信すると決めたんだ。

しかし俺は、子供の中でも全く自由が利かない赤ん坊。何をするにしても圧倒的無力。一体全体どうするべきか……。

「だだうだう（忘れてた。魔法があるじゃん）」

もし、転生ガイドブックってのがあったら、魔法の才能が与えられるのはもはや一般常識として記されてるだろう。そんな才能を、俺はちゃんと神から授かってるじゃないか。いやー、赤ん坊として労働から解放された環境で生活してたからすっかり忘れてた。

えーっと……異世界転生テンプレだと、体内の魔力を感じ取るところから始まるんだったよな。

うんうん唸《うな》りながら丹田に意識を向けてみたり、血の流れを意識してみたりという修業パートを覚悟してたんだけど、心臓辺りにある魔力をあっさり感じ取る事が出来た。

大きさはピンポン玉くらいだけど、多分これがそうだろう。そう仮定して次の段階である魔法の実践を試してみよう。

手始めに使うとするなら、やっぱ周囲への被害がゼロに近いと思われる光魔法だろう。

魔法はイメージ。それが異世界テンプレだから、しっかりと蛍光灯を脳に思い描き、魔力に意識を向ける。

「だぅだだ（光でろー）」

おぉ！　ちゃんと魔法が使えた。

想像してた光量には全く届いてないけど、俺は今、確かに魔法を使って室内を照らせてるぞ！

そんな喜びもつかの間。ピンポン玉サイズの魔力（仮）があっという間に消えてなくなったのと同時に俺の意識もぷっつり途切れた。

数週間後。家族の目を盗んでは魔法の訓練に励み、そしてぶっ倒れるを繰り返しまくったおかげで、魔力量はピンポン玉から全身を包み込むくらいに増え、魔法に関しても多少なりとも上手《うま》く使いこなせるようになった。この時点で、ちょっとぐーたらっぽくないのは自覚してるけど、そんな事より今は生き残る事が最優先。

「だっだだ、だだうだ（そろそろ、本格的に始めるか）」

無属性の魔法でふわりと宙に浮かび、木製の戸板を押し上げて家の外に。

両親の会話で、作物が育たんと聞いてるからな。ここはいっちょ、おっさんの化学知識を披露して、領地経営を手伝ってあげようじゃないか。

意気揚々と畑までやって来たけど、本当に酷《ひど》いよなー。一応耕してあるから何とか畑だよねって理解してあげる事が出来るけど、土は水分も養分も無いから真っ白でサラッサラ。そこに植わってるのは、村の皆が食べるために育ててる麦だけど、ほとんど発芽してないし、運良く育ってるのに関しても元気がない。

そこで俺の出番だ。化学知識と魔法を組み合わせ、畑に必要な栄養分を集める。

「だうだうだー（うっわ……ヤバー）」

畑に栄養を――と魔法を使ったら、今までの比じゃないくらいの勢いで魔力が減ってく。それだけ魔力を使わないと駄目なくらい、この畑の土は死んでるって事なんだろう。

「だうだ。だうだ。だうだ（あー。こりゃ駄目だわ）」

あっという間に魔力が空になった。しかし、この畑に関して言えば十分な栄養を与える事が出来たろうから、明日以降は麦もすくすくと成長してくれるだろう。じゃなかったら、マジで今世の未来が真っ暗すぎておかしくなりそうだ。

そんな絶望の未来を考えながら、ぷっつりと意識が途切れる。

で、目を覚ましたら家のベッドで寝てて、父と母から「この子は天才だ！」とか「将来は宮廷魔道師かしらー？」といった不穏な言葉に続いて、「無茶はダメよー？」や「外は危ない」と滾々《こんこん》とお叱りを受けたが、当然ぐーたらのためなんで聞き流す。じゃないと生活が成り立たんからな。


「だ（さて……）」

長時間にわたるお叱りが終わり、ようやく解放された訳だが、この程度でぐーたらを諦《あきら》める俺ではない。

今回の反省点は、魔力が足りなかった事。十分な量があればぶっ倒れなくて済んだし、家族にバレる事なくベッドに戻り、無駄なお叱りを長時間聞かされずに、何食わぬ顔で居れたんだ。

ぐーたらするためには、１に魔力。２に魔力。３・４も魔力で５に技術。とにかく大量の魔力があれば、大抵は何とかなるだろう。大は小を兼ねるって言うし、使える時間が長くなれば自然と技術も身に付くだろう。

とにかく魔力を増やすには、空にしてぶっ倒れるのを繰り返すのみ。目指せ成人で死ぬまでぐーたらライフ。

第1章

「ふあ……っ。今日もいい天気だ」

まぁ、ここら辺は酷暑か猛吹雪《ふぶき》以外の天候はほとんどない。何せ国中の肥え太ったクソ貴族共の嫌がらせで、そんな人が住めないような辺境の土地を押し付けられたんだからな。

異世界の神様を名乗る爺《じい》さんに誤って殺されてからすでに10年。成人にはあと5年というところまで育って、1人で自由に出歩く程度は許されてるから、今日も今日とて自宅でのんびりしたいという欲求を抑え込んで、屋敷裏庭の一画に作った畑にやって来た。

「うん。イイ感じに育ってるね」

植えたのは、俺が生まれる前からやって来ている商人に頼んで取り寄せてもらった甜菜《てんさい》だ。

普通であればやせた土地で雨もロクに降らない場所じゃあ栽培不可能だけど、科学じゃ説明が付けにくい魔法という超常現象を今じゃ自在に操れるんで、土魔法で地下深くから珪砂を引っ張り出して作ったガラスで温室を作り出し、火魔法と水魔法を微調整する事で適切な温度と湿度の環境を作り上げて完成させた温室内であれば問題無かったようだ。

「さて……」

土に触れて魔法を使う。全くといっていいほど栄養が無い痩《や》せた土地に、魔力で生成した窒素だのリンだのといった化学物質を流し込んでいく。

結構魔力を使うけど、生まれてからずっと魔力量を増やすために訓練を重ねてきた今の俺からしてみれば大した量じゃない。そもそも自分の魔力量がどれだけ多いのかもよく知らないしね。

10歳にしては絶対に多いと自負してるけど、何十年も魔法使いとして生きてきた人間と比べた事が無いんでよく分かんない。何せここを訪れるのが件《くだん》の商人とその護衛くらいで、今世の父親であるヴォルフに聞いてもそんなのは知らないなと言ってたし、ステータスオープンなんて便利な代物も無いんでね。

「……よし。こんな感じだね」

あくまで実験栽培なんでさほど多い訳じゃないけど、これが成功すれば念願の砂糖が手に入る。この世界、調味料は塩が大半を占めてて、砂糖・胡椒《こしょう》は貴重品。酢も無ければハーブ類はほとんど確認出来てない。味噌《みそ》と醤油《しょうゆ》は話すら聞かないからきっと無いんだろう。

でも大豆はあったんで、味噌と醤油のために育ててる畑に行って栄養と水を与えたりなんかすれば、朝のお仕事は終わり。ぐーたらのためとはいえよく働いたなぁ。きっとご飯が美味《うま》く感じるはずだ。

さて――それじゃあ朝ご飯でも食べようかなと屋敷に戻る途中、ブンブンと素振りの音が聞こえるんで朝から元気だなぁと思いながら顔を出すと、そこではヴォルフ・カールトンと、4人居る姉の1人であるアリア・カールトンが剣の訓練の真っ最中だった。

相変わらずアリアは剣に夢中みたいだ。

あれで母さんであるエレナに似て随分な美少女に産んでもらったっていうのに、自衛隊かよと言いたくなるほどの訓練を受けて体中生傷が絶えない事を全く気にしないアリアもアリアだけど、それを良しとするヴォルフもヴォルフだね。

「ようやく起きたかリック。お前も眠気覚ましにやるか？」

「いいよ。俺は肉体労働が似合う人間じゃないし」

最低限の運動はしてるけど、俺は10歳の子供。超絶ハードワークすぎる我が家の訓練には欠片《かけら》もついていけないし、ついていく気もさらさら無いんで、いつも丁重にお断りしている。

ヴォルフはいつもの事として苦笑いするだけだけど、それを良しとしない姉が1人居る訳で……。

「そんなんだからいつまでたっても貧弱なままなのよ。便利だからって魔法ばっかに頼ってないで、訓練に参加して体を鍛えなさい」

「参加するにしても、アリア姉さんが居ない時にやるよ」

この世界、魔法はあるけど使える人間は限られる。おおよそで全体の1割ほどとヴォルフから聞いてる。

ウチの家族で魔法が使えるのはヴォルフと俺だけだけど、ヴォルフが使えるのは無属性だけで、それを使うにも詠唱が必要だ。

でも俺は、神様の爺さんのおかげであらゆる属性が使える上に、最強のぐーたらライフを送るために努力に努力を重ねた今では、魔法を使うのに詠唱すら必要ない。

これに関して、他の誰かが居る前では簡素な詠唱はするけど、1人の時は基本無詠唱。その方が楽だからなのは言うまでもない。

「何よそれ。まるでアタシが邪魔みたいじゃない」

「みたいじゃなくてそう言ってるんだけど？」

俺だって適度な運動が健康にいいのは十二分に理解してる。しかし、人には個体差というものがあって、ある程度はその差を埋められるけど限度がある。

アリアの年齢は12歳。将来は冒険者という魔物を退治したりダンジョンに潜ってお宝を発見したりするいわゆる異世界物のテンプレ職業を目指しており、そのための行動に余念がない。ハッキリ言って人の域を超えた動きをするのだよ。

そんな身体能力の持ち主と一緒に訓練？　こっちに合わせてくれるならまだ希望があるけど、アリアがそんなお優しい性格であったらこれほど拒否はしない。つまりはそういう事です。

「なんですって！」

そう言って拳《こぶし》を振り上げるアリア。いつもであれば俺は殴られて痛い思いをするのだが、今はここに心強い味方が座しておられるのでね。必死にその一撃を回避してヴォルフの後ろに。

「こらアリア。あまりリックに無理強いするな」

「でも父さん。リックが運動しないと病気になるわよ」

「大丈夫だ。リックには年齢に見合った運動をちゃんとさせている」

「そうそう。アリア姉さんと俺とじゃ体力が違うからね」

１００メートルを8秒くらいで駆け抜ける人外のアリアに対し、一般スペックの俺は18秒くらい

かかる。これだけでどれだけの性能差があるのかを理解出来るだろう？　ちなみにヴォルフは3秒です。

そんな化け物達と同じ運動など出来るはずがないというのに、アリアはそれを強要してくる。だからノーだと即答する。

「アンタだって鍛えればこのくらいすぐ出来るようになるわよ」

「無理だから。それに、大抵の事は魔法で何とかなるからやんないって」

転移魔法を使えば100メートルだろうが100キロだろうが一瞬。とはいえ、もちろんそんな事を言ったら面倒な事になりそうなんで秘密。家族は俺が使えるのは四大属性と言われる火・水・土・風に無と光を加えた6つだけだと思っている。

まぁ、そんな言い訳が通じる姉ではないので最終手段を取る。

「別にやってもいいけど、ご飯食べられなくなったらアリア姉さんのせいだって言うけどイイ？」

「う……っ。それは……駄目よ」

「じゃあアリア姉さんもほどほどに切り上げて帰ってきてねー」

ご飯1つくらいなんだよと思うかもしれないが、子供の体で1食抜くのはそこそこシンドイし、何より抜いてはいけない理由がある。

「じゃ。お風呂《ふろ》の用意しておくから、ちゃんと時間までには終わらせといてねー」

なので、アリアもヴォルフもそれ以上何も言わずに俺を屋敷へと見送ってくれた。

「おはよー。お腹《なか》すいたー」

「はいリックちゃんおはよー」

リビングに顔を出すと、のほほんとした声が返ってくる。

名前はエレナ。ヴォルフの妻で俺の母親。過去にヴォルフと共に傭兵《ようへい》として大陸中を渡り歩いてたらしく、その実力も折り紙付きらしいんだけど、普段はのんびりとしてて怒ったりする事も無いが、ちゃんとご飯を食べない者には魔王かってくらい怖くなる。だから、アリアもヴォルフもご飯食べられなくなると言っただけであっさり見逃してくれたんだけどね。

「あらー？　ところでー、外の２人はどうしたのかしらー？」

「父さんとアリア姉さんだったらもう少ししたら来るってさ」

「仕方ないわねー。それなら先に食べちゃいましょうかー」

と言ってキッチンから料理を運んできたんだけど、神の爺さんに頼んで貧乏な領地を選択したとはいっても、これがまぁ本当に酷《ひど》い。

正直言って人は住めんでしょってくらいに土地が荒れてるし、大地に栄養なんて無いんで、毎年の税を納めるだけでカツカツに近い懐事情だからまともな料理など作れるはずもない。

食材が手に入るのは商人が来た時だけ。なので、今日もそのまま食うのはかなり厳しいくらい硬いパンに、塩味オンリーで少しの乾燥野菜と端切れみたいな干し肉が浮いたスープ（?）を食す。

正直ここまでの貧乏は想定してないんだよねぇ。

パンをスープに浸して２人でもぐもぐやってると、エレナがコップを出してくるんで水魔法で水を注ぐ。

普通の貴族であれば、ここにメイドなり執事なりが居るのが普通で、代わりに水を入れてくれるんだろうが、我が家にそんな労働者を雇う金なんて無いんで、家事全般はエレナと便利な魔法が使える俺の担当だ。

「そういえば、そろそろ裏の畑が収穫出来るようになるよ」

「あらそうなのー？　でもあれってー、あまり美味《おい》しくないのにどうして育ててるのかしらー？」

「言ってなかったっけ？　あの野菜からは砂糖が取れる予定なんだよ」

「あらいいわねー。お砂糖が売れればもう少し美味しい食べ物を沢山食べさせてあげられるようになるわー。頑張ってねー」

「そうだね」

我が領地には月に1度だけ商人がやって来る。そいつに売り払う物のほとんどは秘密の伝手《つて》がある俺が用意してる。何せ転移が出来る魔法使いなんでね。ぐーたらしたいけどこれが滞ると本当に立ち行かなくなるから、重い足を引きずって頑張ってます。

その儲《もう》けで村人が暮らすために必要な資材や食料を購入しているんだが、改善は非常にスローペース。

この食事事情でも村中の人間が1日3食食べられるようになったのは5年くらい前。それ以前は大人連中が2食だったり、酷いと1食だったりとひもじい生活だった。

そう考えると、俺って頑張ったなぁって思う。正直ハードモードスタートにマジで転生早々死ぬかと思った。

だけど、思いのほかしぶとく生き延びて魔法をある程度自在に使えるようになり、自重せず使いまくったおかげで今がある。

それでも、まだまだ油断は出来ない。

この土地はちょっとでも気を抜くと荒れるからな。労働したくないんだけど、しないとぐーたら出来ないからするしかない。

「俺がぐーたら出来る程度には稼ぐから、母さんは美味しいご飯作ってね」

「任せてちょうだーい。お母さん頑張っちゃうわよー」

当然ながら子供が働くってどうなん？　という疑問は誰の胸にも無い。ここは利用出来るのであればなんでも利用しなければいけない厳しい地だからな。

まぁ、その中でも俺は魔法が使えるから他の連中よりかずっと働いてる。

村中の畑を回って肥料散布、最初は開墾とかもしたし。ボロボロだった家屋の建て直しに、木製だった農具を魔法で固めた土製にしたり等々……村人を働かせるためにそりゃあもう頑張ったさ。

おかげで最近は肥料散布程度だけで済んでるけど、いずれはこれも無くしたい。でも堆肥《たいひ》を作るにはありとあらゆるものが足りないんで、悲しいけど計画はこれっぽっちも進んじゃいない。

「ごちそうさまでした」

「はーい。お粗末さまでしたー」

食後の1杯――白湯《さゆ》を啜《すす》りながらひと息つく。エレナの料理の腕は非凡だね。見た目は一般より見劣りする塩スープが、日本で飽食と言われるレベルからは多少見劣りするくらいの食事をしてきた俺の舌を満足させてくれるんだからね。

なんて事を考えながらぼーっとしてると、多少額に汗をかいてるヴォルフと泥だらけのアリアが不満そうな顔をしながら入ってきた。

「あらあらー。またそんなに汚しちゃってー」

「すまない。アリアは素晴らしい剣の才能があるから、気が付くと訓練に熱が入ってしまってな」

「だからってやりすぎよー。アリアちゃんは女の子なのにー。大きな怪我《けが》をしたらどうするのよー」

「そこはちゃんと気を付けているさ」

「本当でしょうねー？　アリアちゃんは可愛《かわい》いんだから、顔に傷なんかついたらお仕置きが必要になるわよー？」

瞬間。ゾッとするほどの殺気がリビング内を駆け巡る。

「わ、分かってるさ。その辺りの事はキッチリ気を付けてる。なぁアリア」

「そ、そうよ。顔への攻撃は隙を大きく作る事になりかねないって聞いてるから、ちゃんと防御じゃなくて回避するように父さんから叩《たた》き込《こ》まれてるもの！」

「あっ……」

「なによリック」

「それは言わない方が――」

「あなたー？　ちょーっとこっちでお話ししましょうかー」

リビングに漂っていた殺気がただ1人の場所へと凝縮。救国の英雄と称されるほどの実力者であるはずのヴォルフが、エレナの前ではゴブリンにも等しい姿で夫婦の寝室としている部屋へとドナドナされていった。

その背に合掌をする俺に対し、まるで状況が分かっていないアリアは首を傾《かし》げている。

「どうして父さんが連れていかれたの？」

「いやいや。姉さんがそう仕向けたんでしょ」

「どういう事よ」

面倒だけど殴られたくないんで説明。

顔への攻撃は危険だから防ぐのではなく回避しろ。そう言われてアリアが素直に訓練したと考えると、誰かがその顔面に向かって攻撃をしたって事だ。

そしてアリアの実力は12歳にしてはずば抜けているとヴォルフも言っていた。実際俺が見てても何の参考にもならないほど。そんな実力者が行う訓練は誰がやってんの？　となればおのずと答えは出てくるってもんでしょ。

「うわぁ……それって滅茶苦茶やっちゃったじゃないの」

「次からはもう少し考えて喋《しゃべ》った方がいいよ」

「うっさいわね。過ぎた事を言ってもしょうがないでしょ。それよりもお風呂の準備しなさい」

「はーい」

さすがに反省を活《い》かすかなぁと思ったが、やはりもっと勉強しなよって皮肉が通じなかったようで、即座に風呂を用意せよと言ってきた。ヴォルフも可哀《かわい》そうに……。

まぁ、泥だらけで屋敷内をうろうろされちゃかなわないんで、その指示に従っておこう。決してアリアの暴力に屈した訳じゃない事をここに記す。

「さーて……お仕事しますか」

アリアが風呂に入り、両親は……しばらくは寝室から出てこないだろう。今日は天気がいいんでこのまま昼までもうひと眠り——といきたいところだが、我が領地は絶賛人手不足に加えて栄養不足だ。

領地の70％以上が荒れ地。26％が馬鹿デカく険しい山脈。残ったのが我が村と畑。これが今のところ豊富とまではいかないけど平均ちょい下くらいの作物がとれる安全地帯。

これが数年前までは開拓出来てた土地が1％くらいだったってんだから、個人の力にしちゃあ頑張った方だろ？　まぁ、まだまだぐーたらするには足りなすぎるんでこれからも頑張りますけどね。

とはいえ、屋敷から村までは俺の足で10分はかかる。体力的には十分踏破可能とはいえ、面倒は極力控えるのが俺の今の生き方。なので魔法の厄介になろうじゃないかと土魔法で板を作ってそれに腰を下ろす。

「よ……っと」

次に無魔法で板を浮かせばあら不思議。あっという間に地球では実現不可能な浮く板の完成だ。後はこれに乗って移動するのが俺の村での動き方である。

音もなく坂を下り、まっすぐ進むとあっという間に広大な領地――東京23区くらいの土地に唯一ある村へとやって来た。

大人と子供合わせて全部で60人ほど。俺が生まれる前は200人ほど居たらしいんだけど、この状況に加えて夏は暑いし冬は凍えるような寒さが襲ってくる。そのおかげで毎年のように死者を出してしまい、結果として生き残ったのが現在の60人。これが現在のぐーたらライフを送るための人員。増加は歓迎だけど減少は見過ごせない。

そうして手を加えた結果、ボロボロだった家屋は1つ残らず魔法で新築同様になり、一応の遮熱仕様がある。おまけに薪《まき》ストーブも各家庭に設置したおかげで、ここ数年凍死する村人は居ないし、用法用量を守った化学肥料は大地に活力を与えて農作物の収穫量と品質が向上。餓死するような事態も無くなった。

だがしかーし！　俺がぐーたらライフを送るにはまだまだ豊かさが足りない。なので今日も畑を飛び回るのだ。


「おーい」

「おー。リック様待ってましただよ。今日もお願いしますだよ」

第一村人発見。名前は覚えてないけど大事な村人だ。

「今年も麦の成長はいい感じ？」

「そうですな。リック様のおかげで毎年収穫量も品質も上がっとりますから、きっと今年も豊作に決まっとりますだよ」

「そうだったら嬉《うれ》しいねー。それじゃあ始めちゃって大丈夫？」

「大丈夫ですだ。そのためにこうして畑の横で待機しとっただから」

「じゃあやっちゃいますか」

地面に手をついて土魔法を発動。魔力を化学物質に変化させて、減った分を補充していくが、やりすぎると逆に育ちが悪くなるんでそこら辺は実験を重ねてある程度加減してある。

「こんなもんかな」

「毎日ありがとうごぜぇますだ」

「いいっていいって。俺が大人になったら楽するためにやってる事だから」

作物が育たなければ税を納める事が出来ない。それが出来ないと食いっぱぐれる村人が出てきて餓死。そうなると労働力も無くなるし、何よりぐーたら出来なくなってしまう。それは由々しき事態だから、こうして畑に肥料を注入してんのよ。

「じゃあ次に行くから」

「明日もおねげぇしますだよー」

1件目の仕事が終わるとすぐに次に向かう。それをひと通り終わらせても、消費した魔力は全体の5％にもならない。

始めた当初は魔力量も少なかったから、畑1つやるだけで魔力切れでぶっ倒れて家族から説教されたりしてたけど、コツコツコツコツ自転車操業のように1日1件で頑張ってたなぁ。

それが2件に増え3件に増え、今や村中の畑を健康に保っても問題ないくらいになり、余った魔力で森を復活させようとしてみたり、コツコツと屋敷の庭で甜菜《てんさい》を育てたり、山脈を飛び回って使えそうな鉱石がないか魔法で掘り返したりと勝手気ままに暮らしてる。

その中で一番厄介なのが、子供の世話だね。

「あー！　リックがまた空飛んでる！　ズルいぞお前ばっかり！」

「おはよー……」

この村には俺を除いて5人の子供が居る。ちなみにこの世界の成人は、異世界ファンタジーものでよく見かける15歳。

その中でも一番やかましくて問題児なのが今叫んでたリン。同い年の10歳。

一応女の子だが、こんな田舎《いなか》じゃおしゃれする必要が無いとばかりに髪は短いし、男家庭で育ったせいで口は悪いしその影響でかなりのやんちゃ盛りで、少年と形容するのが一番しっくりくる。

そのリンに腕を引っ張られるように一緒に居るのが同い年のシグ。

こっちは一応少年というカテゴリーに居るんだけど、中性的——というよりは少女に近いルックスに加え、俺が将来に備えて時折開催してる学校もどきで文字を教えてから本を片時も離さないような勉強大好き少年になってしまった。健康的な小麦色のリンに対し、シグの肌は真っ白。

「そんなデカい声出さなくても聞こえてるよ。ってか農作業はどうしたんだ？」

「終わった！」

「本当か？　リンがいっつも手伝わないってアルマさんから聞いてるけど」

「きょ、今日はちゃんとやったって。それに、兄貴達が見張ってたから逃げらんなかったし……」

「逃げる気満々じゃん」

「うっせー！　そんな事より魔法だよ魔法！　お前ばっか使えるのズルいぞ！　教えろー！」

「まだ言ってんの？　無理だって言ってるじゃん」

リンは昔から魔法に強い憧《あこが》れがあるらしく、こうして顔を合わせる度にズルいだの教えろだの言ってくるが、ヴォルフに聞いたけど魔法ってのは後天的に覚えられないらしいからな。こっちにはどうしようもないと何度も言ってるんだが、一向に耳を貸さない。同じやり取りを何度も繰り返すのが面倒だからいい加減諦《あきら》めてほしいんだけどね。

「ズルいズルいズルいー！　おれも魔法使いになりたいーっ！」

「無理だって言ってるだろ。いい加減諦めろって」

面倒臭い……。魔力量を増やす方法や効率的な技術向上に関してであればある程度教える事は出来るが、どうやったら魔法が使えるかなんて事については俺はおろかヴォルフも全く知らないし。

まぁ、全人類の1割程度しか魔法使いが居ないって事を考えると、後天的に魔法使いになる事は出来ないんだろうと考えるのが妥当だろうよ。

「なんとかしろよー！　おまえ貴族だろー！」

とはいえ、こんな理論的な事を説明したってリンは納得しない。そうじゃないからこうしていつまでもわがままを言い続けるんだもんな。

はぁ……マジで子供って面倒臭い。

「無茶言うな。魔法使いってのは生まれた瞬間に決まるんだって父さんが言ってたぞ」

「なんでそんな事が分かんだよ。おれの中に隠れた才能があるかもしんないだろ！」

「ないない」

そもそも後天的に魔法使いになれるなら、とうの昔に世界は魔法使いだけになっているだろうし、それが邪法だろうと手を染めなくちゃいけないくらいにこの国は追い込まれてたのに、それを使ってないって事は、どうあがいたって無理って証拠なんだと思うんだけど、これ以上の説明はメンドイ。

「むきー！　いいから調べてみろよ！」

「はいはい……」

といっても、この世界に魔法使いかどうか調べる方法なんてないんじゃないか？

ワンチャン冒険者ギルドとか教会とかって施設にならありそうな気がしないでもないけど、ヴォルフですら魔力の大小が分かってないんだ。その線は薄そうな気がする。

経験談を語るんであれば、魔法全般を鍛えてたある日、急にヴォルフの魔力を感知出来るようになった。

その法則に当てはめれば、リンには1ミリも魔力が無いんだがそれを説明して納得するような奴《やつ》じゃないんで、とりあえずそれっぽい事をしようと手を握って――

「な、なんだよ急に……」

「体内に魔力を流そうとしただけだよ。怖いならやめるけど？」

「ここ、怖がってなんてない！　やるならさっさとやれよ」

「はいはい……」

さて……じゃあ宣言通り魔力でも流してみるか。

「なんか感じる？」

「と、当然だろ。おれには魔法の才能が──」

「まだ何もしてないけどね」

「……」

「痛ッ!?　なんで殴るかな」

「うっせえ！　さっさとやれ！」

「理不尽だ」

さて……調べるとは言ったけどどうすればいいのかね。このまま1分くらいじっとしてても問題なさそうだけど、後から何か言われても嫌だからちょーっと魔力でも流してみるか。

適当に魔力を流してみるも、全くといっていいほど反応が無い。これがヴォルフであれば油の中に手を突っ込んでいくような妙な感覚があって、知り合いのエルフの場合は水あめに突っ込んでいくような、どろりと重い感覚がある。

つまり魔力はゼロって訳だ。

「はいおしまい」

「どうだった？」

「魔力ナシ」

「知らない。それより2人はどっか行くんじゃなかったの？」

「なんでだよ！」

「リンが公園行こうって」

「じゃ送ってくよ。乗りねぇ乗りねぇ」

土板を子供3人が乗れる大きさに作り直して即出発。

リンであれば高速でもビビったりしないけど、シグは怖がりなので駆け足程度の速度で村の中を突っ切る。

「……魔法って便利だな」

「だよね。いちいち歩かなくて済むのが最高だよ」

決して広い訳じゃないが、子供の足じゃあ移動に苦労するし、何より時間がかかる。面倒な事をパパッと終わらせ、残りの時間をぐーたらするために捧《ささ》げると誓った俺からすれば、時間の無駄は極力省きたいからね。

「おれが父ちゃんに聞いた話だと、普通は魔法使って魔物倒したりするんだろ」

「必要なら俺だってやるけど、ここに居る魔物なんて素手の大人でも勝てる程度じゃん」

一応こんな場所でも魔物は居る。居るんだけど正直雑魚《ざこ》ばかり。

5歳児くらいのサイズのキノコのキノキノコ。不味《まず》くはないが美味《うま》くもない。

サッカーボール大のスライム。排泄《はいせつ》物を処理してくれるんで、トイレに1匹は欲しい益ある魔物。雑食なんでゴミ箱にも使ってるよ。

土色のウサギ《ホーンラビット》。頭に角が生えてる。肉は美味い。

ここらに出るのはこんな感じで、特に土色のウサギは村人にとっては新鮮な肉を得る唯一の機会なんで、毎日1人か2人は村の外に出て捜索してる。まぁ、滅多に見つからないけどな。

そんな弱い魔物しか出ないような僻地《へきち》で、攻撃魔法の出番なんてほとんどない。だからこうやって移動を楽にしたり村人が使う井戸を水で満たしたり、土壌を改善したりにしか魔法を使わない。

「確かにそうだけどよぉ……」

「別に魔法が使えなくたって生きていけるぞ?」

「でもあった方が便利なんだろ?」

「そりゃね」

寒ければ火魔法で火を出せるし。

暑ければ氷魔法で涼をとれる。

歩くのが嫌ならこうして浮く事も出来る。まさに万能だけど、この恩恵に与《あずか》れるのはほんの一部の人間だけで、大部分は暑い日は暑いまま。寒い日は火にあたるくらいしか対処法が無いが、こうして人が生活を営んでるって事は、無かったとしても絶滅するほどじゃないって事だ。

「はーい到着ー」

あっという間に公園に。まぁ、実際は年に1度の収穫を祝う祭りが行われる広場なんだけど、今じゃ滑り台やらジャングルジムなんかを土魔法の練習で作り、ぼそりと公園っぽいなと言ったばかりに子供連中の間ではそれで通るようになった場所で、唯一の遊び場。

「よっし！　今日も訓練すっぞー！」

そう言ってリンはアスレチックコースへ行き、シグは休憩所で本に没頭。

さて……俺はどうするかな。

公園で遊ぶって年でもないしな。

「……シグ。お昼前になったら起こして」

「ん。分かった」

さて。今日はいい天気だからゆっくり寝るとしますかね。

第2章

「よし。イイ感じだね」

あれから1週間。裏庭で栽培してた甜菜《てんさい》がようやく収穫出来るようになったので、今日は農作業と砂糖精製をしようと思います。

言っておくけど、ちゃんと村の家々を回って畑に肥料を注入済みだし、後払いで報酬を払うという条件で村の子供達という労働力もちゃんと確保済みでございます。俺がわざわざ畑から引っこ抜いて泥を落とすなんて面倒な事をする訳ないじゃん。

「えー。それでは君達にはそこの畑になってる野菜を抜いて泥を落としてもらいまーす」

「なーリック。あれってなんなんだ?」

「砂糖になる野菜——のはず」

「はず?」

「ルッツから聞いた話だからね」

「「「へー」」」

ルッツというのは、月に1回この村にやって来る商人の名前。なんでもヴォルフやエレナと傭兵《ようへい》時代からの知り合いらしく、ほとんど儲《もう》けにならない時からわざわざ足を運んでくれてるおかげで、村人達には随分と好意的に受け止められている。

「そんな訳で、実際に砂糖が出来たら報酬として渡すから頑張ってね」

「リックはやんないの？」

「俺がそんな面倒な事をやると思う？」

「「「思わなーい」」」

「だから君達を招集したのだよ。砂糖欲しいだろ？」

「「「ところで、さとうってなにー」」」

……なるほど。言われてみれば確かに砂糖って高級品なんだったな。それをこんな僻地で生まれた子供が知る由もないか。

じゃあどう説明したらいいんだろう……甘い調味料だよー。と言っても、甘いってなにー？　とか聞かれたらなんも言えない。

「……とりあえずお前らの親が喜ぶモンだ。だから欲しいだろ！」

「「「ほしーい！」」」

「じゃあ頑張ってねー」

よし。これで砂糖をダシに自由な時間を得る事が出来た。この隙にぐっすり寝たいところだけど、畑も広くないしすぐに砂糖を作る準備に取り掛からないと。

記憶を頼りに土魔法でささっと道具一式を作り上げ、次々運ばれてくる甜菜を風魔法で細かく切り刻んでは火魔法で温めたぬるま湯の鍋《なべ》の中に突っ込んでいく。

「りっくさまー。おわったよー」

「うーい」

「次はなにするんだ？」

「砂糖を取り出します」

糖分がお湯に溶け出すまで普通であればおおよそ1時間といったところであろうが、俺の魔法にかかればあっという間に――って、それが出来るなら別にぬるま湯に浸けなくても良かったんじゃね？　うーわー。無駄な事をしたわぁ……。

「りっくにーちゃん。どーしたんだ？」

「リックが変なのはいつもの事だろ。それよりもさとうだよさとう。さっさと作れよ」

「わーってるよ。ったく……」

水魔法で甜菜から糖分を絞り出し、それが溶け出した水分からさらに糖分だけを取り出せば、あっという間に純度の高い真っ白な甜菜糖の完成でございい。

テニスコート大の畑で採れた甜菜で砂糖になったのは3キロほど。時間をかけて育てた割には少ないかな。まぁ、実験だしこんなモンだろう。

「これがさとー？」

「まっしろー」

「一応砂糖のはずだけど、味見してみる？」

「……お前がしろよ。味知ってんだろ？」

「そうだね」

この世界、一般的な砂糖は精製が未熟なんだろう。ルッツが持ってくる砂糖は随分と茶色い──というか黒糖に近い色合いだ。それはそれで需要があったりするからいいんだろうけど、前世でグラニュー糖のような真っ白でサラサラな砂糖もある事を知ってる俺からすると、味にもちょいと癖があってあんま好きじゃないんだよね。

それと比べると、やっぱ真っ白な砂糖は雑味もないし単純な甘さが舌の上で広がるだけで臭いも無いのがいいね。

「どうなんだ？」

「うん？　ちゃんと甘いよ」

「ならおれ達も味見だー！」

リンの合図でわーっとガキ連中が砂糖に群がり、口々に美味《おい》しい美味しいと言いながら舐《な》め続ける。

さて……このまま砂糖としてルッツに売り付けてもいい金額になりそうだけど、やっぱ原材料をそのまま売り渡すより加工品にした方がいくらか利益が増える。

とはいえ、そうするだけの砂糖以外の材料が無い。何とか出来て飴《あめ》くらいだが、砂糖とさして価値は変わらん──いや、価値を上げられない事も無いか……。

「ほら、いつまでも砂糖舐めてないでどいたどいた」

魔法で全員の首根っこを掴《つか》んで砂糖から強引に引きはがし、土魔法で作った小瓶に均等に砂糖を詰め込んでそれぞれに押し付ける。半分くらい残ったそれは全部俺のモンだ。

「おいリック……こっちの取り分少なくないか？」

「んー？　ちょっと試したい事があってね。悪いけど多めに貰《もら》う」

「なんだそれー」

「おーぼーだー」

「わっはっは。貴族とは得てしてそういう存在だ——と言いたいところだが、母さんが楽しみにしてるからね。我が家の安寧のために犠牲になってくれたまへ」

事前にエレナに砂糖が出来る事は伝えてるからね。それなのに提出した量がちょびっとだったりしたら露骨に怪しまれるし、そうなると今後もやりにくくなる。自由気ままにやらかすには権力を持った味方を増やすのが手っ取り早い。

さて……子供達を無事追い返し、砂糖を手にキッチンに。

「あらー？　ご飯ならまだよー？」

「そこまでお腹《なか》すいてないって。それよりも、ようやく砂糖が手に入ったから持ってきたよ」

「あらあらー。本当に砂糖が出来たのねー。あらー？　随分と白いのねー」

「魔法でやったからかな。一応味見お願い」

「はいはーい」

おっとりとした動きでエレナが砂糖をひと口。ここで量について言及しちゃあいけない。そこそことんでもない量を口に放り込んでたんで、思わずマジかよ！　ってツッコミしかけたけどグッとこらえた。

「ど、どう？」

「……そうねー。余計な味がしない、純粋な甘さだけが舌の上に広がるいい砂糖ねー」

「使う？」

「そうねー……これは使うより売る方がいいと思うわねー」

エレナによると、白い砂糖は無い訳じゃないがここまで真っ白なのは見た事が無いらしく、売りに出せば話題性と希少性が相まって高位貴族が見栄《みえ》のためにこぞって購入したがるだろうとか。

とはいえ、やはりそのまんま売るより加工した方が利益率が高いのは商売の基本。その事を告げると一体何をするのかと少しいぶかしげな表情をしたんで、丁度いいからエレナには実験に付き合ってもらうとしますかね。

さて……用意したのは砂糖・水・粉薬の３つ。

「これで一体なにするのかしらー？」

「そうだね……まずは簡単なのからいこうかな」

実験なので砂糖は少なめ。後はそれに見合った量の水を入れて強火で３分ほど煮詰めればあっという間に水飴《みずあめ》の完成。

「こんな感じかな」

「それで完成かしらー？」

「ここでちょいとひと手間」

何度も練り合わせて白くした飴を丸めて。楕円《だえん》にして。ちょんちょんと切って耳の形に整えれば
——ウサギの飴細工の完成だ。

「あらー。随分と可愛《かわい》いものが出来たわねー。ホーンラビットかしらー？」

「こうした方が子供受けもよさそうだし、物珍しさも相まってより高値になると思うんだけどどうかな？」

この世界の甘味《かんみ》事情はよく知らんけど、少なくとも砂糖で動物を作るなんて事はやってないはずだろうから、これを王都で売れば子供達だけでなく女子受けもよさそうだ。

間違いなく素材そのままを売るよりはるかに儲けが期待出来る。

所謂《いわゆる》付加価値ってやつだ。

「相変わらず器用ねー」

「まぁ、手でやったら火傷《やけど》するからね」

冷えすぎると形を変える事が出来ないし、熱すぎるとそもそも手で持てない上にあっという間に溶けるから細工なんて出来ない。まぁ、加工するのに丁度いい温度であっても素手では触れないが軍手とかそういった便利な物は無いんで、全て魔法で解決。やっぱり便利だね。

ウサギに始まり、犬だったり猫だったりの動物シリーズは比較的アレンジが利くんで何とかなる

けど、バラなんかの技術が要る細工物に関しては要練習かな。

「まぁこんなもんかな。どう？　これなら砂糖をそのまま売るより儲けが期待出来そうじゃない？」

「そうねー。これなら砂糖のまま売るよりも高く売れそうだけどー、こっちの粉薬は何に使うのかしらー？」

「そっちは薬効のある飴を作ろうと思って。こんな感じに」

薬箱の奥から引っ張り出したのは風邪薬。薬師が色々な種類の薬草を調合して粉末にしたのがこれなんだけど、まぁ苦くて不味《まず》くて子供どころか大人からも超絶不人気。

塗り薬なら問題ないんだろうが、風邪がそんなんで治る訳がない。当然飲まなきゃなんない訳で、その苦さは大人でも顔をしかめるほど。

そんなクソ不味い薬を、地球にもあった糖衣という形に出来れば大儲《おおもう》け間違いなしだと思う。それでなくともウチからは薬草を商品として売りさばいてるからね。こっちも加工品となればさらなる儲けが期待出来る。

その試作として、この粉薬を可能な限り薄くした水飴で包み込んでみる。

「本当にそんな事をして大丈夫なのかしらー？」

「だから実験。舐めないで呑《の》み込《こ》んで」

「仕方ないわねー」

パクリと口に放り込み、水をぐっと飲んで胃に流し込む。

「どう？」

「そうねー。すこーし飲みづらいかしらー」

「飲みづらいか……」

魔法でなるだけ小さくしたつもりだけど、そのサイズは俺がよく知る錠剤と比べて一回りデカい。

そもそも粉薬の量が多いからね。これぱっかりはしょうがない。

「でも今はこれが精一杯だしなぁ……」

「いいんじゃないかしらー。別に飲めない訳じゃないのよー？」

「でも、子供がのどに詰まらせて窒息ってなったら困るんだけど」

「だったら大人しか飲めないようにすればいいのよー。薬を出すのはおばばなんだから、そうするように頼んできたらいいんじゃないかしらー。もしかしたら、お母さんなんかよりいい方法を知ってるかもしれないわよー？」

「なるほど。じゃあおばばに相談してくる」

おばばは薬のスペシャリストだ。もしかしたら同じ効果で量が少ない粉薬を開発してくれるかもしれない。

そうなったら薬のサイズダウンも叶《かな》えられる。良いかもしれないね。

「はーい。でもお昼までには帰ってくるのよー？」

「分かってまーす」

面倒だけど屋敷内ではあんま魔法を使っちゃいけないって言われてるんで、玄関まで歩き、そこからは土板を作って村へ。

この村――というかこの世界で医者なんて立派なモンはヴォルフもエレナもルッツも知らないらしいから、おそらく存在してないいんだろう。回復魔法も無いしな。

その代わりに、この世界じゃ薬師ってのがそれの代わりをやっていて、大きな街にはそれこそ玉石混交で数多《あまた》居るらしい。ここじゃあおばばとその弟子しか居ないが、ヴォルフが言うには王都に店を構える優秀とされる薬師と遜色《そんしょく》無い腕前らしい。

「こんちはー。おばばいますかー」

おばばの店は、入ると同時に複数の薬草の匂いがグッと鼻の中に入ってくる。

店内には薬草を煎《せん》じた液体であったり粉薬であったりといった商品が並んでるが、その品揃《しなぞろ》えは少なく基本的には切り傷擦り傷に使う軟膏《なんこう》が入った箱が置いてあるだけで、他には乾燥させた薬草がほとんど。

「あらいらっしゃいリック様。師匠は調薬の最中だけど、どんな用事かしら?」

店の奥から現れたのは、おばばの弟子のアレザ。腰まで届く長い銀髪に気だるげな表情と豊満なスタイルがギリギリ見えそうなほどだらしない格好が村の男連中に非常に人気があるのだけど、手を出す奴《やつ》はいない。何故《なぜ》なら滅茶苦茶強いから。

女性らしい体のラインを維持してるのに、何故か片手で大人1人を軽々持ち上げたりするその怪力に誰もが物怖じしてしまい、本人は結婚願望が強いのだけどそれが報われることはまず無いという不幸女性。

「ちょっと実験に付き合ってほしいなーって」

「あら。また面白そうな事を始めるの？　だったらお姉さんが手伝ってあげる」

ニッコリ笑顔というよりは妖艶《ようえん》な空気がプンプンの笑みだけど、子供だからなのか綺麗《きれい》だなーと思いはするけど股間《こかん》が反応したりする事は無い。

「……まぁいいか。アレザって粉薬飲めるよね？」

「そりゃあ大人ですもの」

「でも飲めない大人も居るよね？」

「ええ。師匠の薬はよく効くけど、使用するには辛《つら》いもの」

「そこで、将来的には子供でも飲めるような細工を思いついたから試してもらおうと思ってさ。という訳で粉薬1つ貰うねー」

魔法で近くにあった薬を引き寄せる。何の薬かは知らんけど、ちゃんと粉薬だったそれを魔法でギュッと押し固め、壺《つぼ》に入ってる水飴を魔法でドロッドロに溶かしてコーティングして冷やせば完成。

「甘い匂い……もしかして砂糖？　どうやって手に入れたのかしら？」

「アレザは砂糖知ってんだね」

「師匠が調薬でたまに使ってるの。それで？　どうやって手に入れたの？」

「屋敷で実験的に栽培してた野菜から作ったの。こうして飴で周囲を固めたら、子供でも飲みやすくなるんじゃないかなって思って。飲んでみて」

手渡した飴を水で流し込む。やっぱ飲みにくそうにしてんなぁ。

「悪くないんじゃないかしら？　ちょっと飲みづらいけど甘味しか感じないわ。これなら薬を飲むのを拒む大人達も飲むかもしれないわね。ここで砂糖が生産出来るなら安上がりでしょうし、砂糖なら薬効への影響も無さそうだもの」

アレザからは比較的好印象を得る事が出来た。後はおばばが何と言うかだね。

「じゃあ後は任せたよ」

「分かったわ」

こんな少数の村でも薬師は忙しいらしく、おばばはあまり店に顔を出さない。それだけ調薬するのは時間がかかるらしい。

俺としてはぼけーっと待ってても何ら苦痛じゃないんだけど、そういう事をするならやっぱふっかふかのベッドの中の方が何倍も良いので一度家に帰るか。

「探しましたよ、少年。ちょっといいですか？」

「うん？　どうかしたのグレッグ」

サクッと土板を作って帰ろうとしたところに駆け寄ってきたのは、この村で自警団を率いるグレッグ。細身の体躯《たいく》に柔和な表情が優男って感じだけど、一度訓練となれば鬼軍曹になって村の血気盛んな連中をしごいてる怖い男だ。

ちなみにヴォルフの元部下らしい。

「先日の訓練で槍《やり》が数本折れてしまいましてね。また作っていただけますか？」

「またぁ？　結構頑丈に作ったつもりなんだけどなぁ」

「そうですね。武器もですが防具もとても頑丈に出来ております。故《ゆえ》にワタシも本気で訓練を施せます」

にっこりと笑うその表情はとても怖い。

事実、グレッグの本気の訓練についていけるのはアリアくらいなもので、そんな体力馬鹿でも終わる頃には汗だくで肩で息をするほどだし、村の男連中は途中で死ぬ。正直そこまでして鍛え上げて何と戦うのかは疑問だけど、ヴォルフもエレナも必要な事だと言っているので口は挟まない。

「分かった。じゃあ練兵場まで行こうか」

よっこいしょと土板に座ってグレッグの後を追う。普通に歩いてるはずなのにその速度はかなり速く、ちょっとボーッとしてるとすぐに距離が開く。まぁ、目的地は分かってるんでそれでも別にいいんだけどね。


「相変わらず酷《ひど》い有様だなー」

「全くです。この程度の訓練で音を上げるようではまだまだ使いものにはなりません。それに比べてアリア嬢は有望株ですね。さすがヴォルフ様とエレナ様のお子です」

村の練兵場ももちろん俺が作った。と言っても地面を均《なら》しただけの空き地っぽい場所だけど、そこでは多くの大人連中が大の字で寝転がっていて、そんな中で黙々と剣を振るアリアの姿があった。

ヴォルフとの訓練が無い日はこうして自警団の訓練に交ざってるのをちょくちょく見かける。

「あらリックじゃない。練兵場に来たって事は」

「武具の手入れだから訓練には参加しないよ」

「……まだ何も言ってないじゃない」

「じゃあ違うの？」

「違わないわよ！」

目をキラキラさせてるアリアに対して速攻で否定するとすぐにつまんなそうに唇を尖《とが》らせて剣を振る。

それを横目に倉庫の方に行く。さすがの脳筋姉も武具の手入れがどれほど大事か分かっているようで、突っかかってくる事は無い。だがここに居るって事が分かったんで、仕事が終わったらすぐに逃げよう。

「うわぁ……なんでここまでやるかなぁ」

武器庫に入って槍を保管してある一角に行ってみると、先週新しくしたはずの槍の半分以上が無くなっていた。

「訓練というのは実戦より厳しく行うのが常識ですので」

「作るだけならいいけど、グレッグの要望を満たすのって結構手間が要るからあんまりポンポン壊されると困るんだけど？」

そう。武具類を作るだけなら土魔法でダイヤが出来るんじゃないかってくらい押し固めればそれだけでいっぱしの武器になるんだけど、グレッグに言わせればそれだけじゃあ不満が多いらしく、やれ重心だ。やれ長さだ。やれしなり具合だと言うんで一つ一つ要望を叶《かな》えていったら、結果としてすこぶる面倒な武具になってしまった。

ここまでいったら買った方が断然楽なんだけど、我が領地の懐事情がそれを許さないんで、武器は優秀だけど防具は重いというデメリットを抱えたまま訓練が繰り返されれば当然だがあちこちガタが来るし壊れたりもするんだけど、そのペースがねぇ……早いと週に2回くらいは声をかけてくるんだよなぁ。正直面倒。

「さて……と。造形」

面倒だけどやんないと怪我人《けがにん》が出るし、そうなるとおばばの所で薬草が大量に消費されるようになり、結果としてルッツに卸す分が減って儲《もう》けにダイレクトに影響するから手は抜かない。

「……こんな感じでよかったよね？」

「相変わらずあっという間に終わらせるのですね。戦場で出会ったどの魔法使いよりも少年の詠唱の方が速いのですが、何かコツとかあるのですか？」

「決まってるじゃん。面倒でやりたくないと思う事だよ」

いちいち詠唱なんかして口を動かすなんてマジで無駄。そう思ったのは生まれてしばらく魔力の訓練をしていた時に詠唱しているヴォルフの姿を見たからだ。

詠唱自体は大して長くなかったが、やっぱ厨二《ちゆうに》チックな言い回しはいい年したおっさんには精神的ダメージが大きすぎるんで、死に物狂いで頑張った。そのおかげで今じゃ無詠唱であらゆる魔法が使えるけど、これがバレると厄介事が待ってるはずなんで、一応詠唱の真似事をしてるにすぎない。

「……いつも通りで助かります」

「ならよかった。しかし本当に飽きもせずあんなによく出来るね」

「これは自領の戦力増強が目的ですので、手を抜くわけにはいかないのですよ」

「戦力増強……ねえ」

何となく察してる。連中は、きっと戦場に行く時が来た際の兵力になるんだろう。じゃなかったら、こんなぺんぺん草も生えないような辺境に加え、天を衝《つ》かんばかりの山脈に囲まれた陸の孤島で、戦闘訓練も受けてない大人でも倒せる程度の魔物しか出ない領地に兵士なんて必要無いからね。あえてぼかしてるのは子供に話しても理解出来ないと思われてるからなのかな？　どうでもいいけど。

「まぁいいや。とりあえず儲けが減るような怪我だけはしないようにしてね」

「その辺りには細心の注意を払っておりますとも。しかし、そろそろ防具を着けての訓練にも慣れてきた頃でしょうから、可能であれば軽い物も欲しいところですね」

「その話はまた今度ね。アリア姉さんに捕まる前に逃げなくちゃいけないからさ」

という訳で、魔法で武具類の保管小屋の裏手に穴を開けて飛び出した。

第3章

「さて……よく働いたし、昼までひと眠りしようかな」

朝に収穫と精製。飴《あめ》と糖衣薬の試作開発に今まさに武器を作らされて滅茶苦茶働いた。働きすぎてブラックだろと内心喚《わめ》きながら、土板の上でボケーッと家の方へと向かってる道中で、沢山のおば——じゃなくてお姉さん達だったり女児連中に囲まれた我が家の三女の姿を見つけた。

「サミィ姉さん。こんな所で何してるの？」

「あぁ、丁度いいところに。そろそろ昼食の時間になるからと母さんから君とアリアを連れて帰ってきてと言われているんだ」

「もうそんな時間かぁ……じゃあ一緒に乗ってく？」

「助かるよ。という訳だから、済まないがここでお別れしないといけない」

そう言うと女性達が渋々といった感じで離れてくれたのには理由がある。

サミィは美人ではあるが、スレンダーな体つきとハスキーな声質のせいで中性的な印象が強く、立ち居振る舞いもあって結果として女子達に恋愛感情に近いものを抱かせ、毎度毎度囲まれるという面倒そうな目に遭っている。

しかも、本人は困ったような顔をしながらもそれに付き合う人の好さがあるし、男には気付けない細かい変化に気付く凄《すご》い目を持ってたり聞き上手だったりと非常にハイスペック。だから、あまり迷惑をかけまいと、用事があると分かれば離れてくれる。

そんなサミィが乗れる程度の大きさに土板を作り直し、一旦《いったん》逃げ出した練兵場に向かって飛び始める。

「ああいうのが面倒ならもう少し女子らしい格好でもしたら？」

「ははは。ボクに女性らしい格好は似合わないよ。それに、こういう格好が好きだし彼女達との語らいも嫌いではないさ。少々加減はしてほしいけどね」

言葉通り、サミィはあのアリアですら髪を長く伸ばしているというのに、女性でありながらも髪は男と同じくらいまで短くしてるし、男装を好んでいる。

でも、絶対に女子らしいドレスを着たりするのを拒絶するのか？　と言われればそこまでじゃない。

事実、王都のパーティーに出席するとなった時のサミィはどこのお嬢様かってくらいに着飾られて綺麗《きれい》だったし、それを褒めると本人もどこか嬉《うれ》しそうな顔をしながらありがとうと言ってたのは記憶に新しい。

でも、他の子息の誰よりもお嬢様達に囲まれてしまった結果。嫉妬《しっと》されたって理由もあって、サミィ自身の評価はあまり良くなかったらしいけど、本人は満足そうだったとヴォルフから聞いてる。

「まぁ、姉さんがそれでいいならいいけどね」

人の趣味嗜好《しこう》なんて、他人に迷惑がかからないのであれば口を出せるものじゃないし出す気も全く無い。

俺がぐーたらの邪魔されたくないのと同じようなもんだと認識してる。

なので、多分だけどサミィは上の姉2人と違って結婚とは縁遠い人生を送る事になるだろうけど、それは王都でのパーティーでの出来事で本人もちゃんと自覚してるらしい。

これはサミィが悪いんじゃなくて、大前提としてウチは国内の貴族のほとんどから嫌われてるからだ。

何故《なぜ》なら平民生まれの傭兵《ようへい》が貴族になったという絵に描いたような成り上がりだし、ほとんどの貴族が敗色濃厚となる少し前から他国へ逃げ出そうとしてる最中に、最後まで戦い抜いて敵国を退けて他の追随を許さないくらいの武功も挙げた。

普通であれば男爵なんかじゃなくて伯爵でもいいくらいの武功に対し、鞍替《くらが》えをしようとしてたクズ共が寄ってたかってヴォルフの粗探しを開始。その結果として男爵って地位とぺんぺん草も生えんような広いくらいしか取り柄のない土地を押し付けられ、おまけに貴族の反感を買った。

そんな成り上がりの娘を欲しがるのは、代々軍だの騎士だのといった武家貴族くらいだった。その辺りとは比較的友好的だし、上の姉2人が嫁いだところとは今でも時々手紙のやり取りをしてたりするけど、男装趣味はそういう固い家には嫌われる。——日本であればその程度の事では結婚の障害にならないし、おススメだと思うけどな。気配り出来るし優しいし。

「どうしてだろうね。今の君を見ていると無性に叩《たた》きたくなるんだけど」

「そういう時は本能に任せてぶっ叩くといいのよ。サミィ姉さん」

「痛ッ⁉」

サミィのつぶやきに、背後からそんな返答が聞こえたのとほぼ同時に後頭部をひっぱたかれた。

背後を振り返るとうっすらと汗をかいてる稽古《けいこ》帰りであろうアリアの姿がそこにあった。

「アリアか。そろそろ昼食の時間になるから迎えに来たんだ」

「そうなの？　丁度帰るところだったから良かったわ」

「ちょ、何も言わずに乗り込んでこないでくれるかな。重――ぶぎゅ⁉」

「あ？　なんて言ったのかしら」

「な、なんでもごじゃいましぇんでひゅ……はい」

危なかった。もう少し口が滑ってたら、アリアに掴《つか》まれた顎《あご》が大変な事になっていただろう。

しかし……サミィならまだしも、あのアリアですら体重を気にしているとはね。脳筋とはいえ女だったという事か。

「痛い！　なにすんだよ！」

「アタシの勘がアンタを殴れって言ってたのよ」

「なんだよそれ！」

「いや。今のはリックが悪いよ。凄く馬鹿にしたような表情をしてたからね」

ううむ……生前はポーカーフェイスで有名すぎて逆にキレられるほど無表情だったんだが、今世の俺は考えが顔に出るほど表情豊からしい。

とりあえず2人掛けの土板を3人掛けに作り直し、再度滑るように移動する。

「うん？　アンタの持ってるそれなによ」

「あぁ……それはボクも気になっていた。一体何なんだい？」

「これ？　これは砂糖」

「砂糖があるのかい？　だが、ウチにはそれだけの砂糖を買えるような余裕はなかったはずと記憶してるよ」

「そうよ。一体どうやってそれだけの量の砂糖を手に入れたのよ」

「これは屋敷の裏の畑に植えてた野菜から精製したんだよ。だからある意味タダで手に入ったんだ。ちょっと舐《な》めてみる？」

「いいのかい？　じゃあ遠慮なく」

「家で作ったのなら、家族であるアタシ達が味見をするのは当たり前でしょうが」

ぱぱっと砂糖からウサギと鳥の飴細工を作って手渡す。

「相変わらず器用だね。これはホーンラビットかい？」

「無駄に技術が高いわね。アタシのはフォレストバード？」

「そう。見た目がいいと馬鹿な貴族が高値で買ってくれるだろうからさ」

技術というのはそれだけで一つの財産だ。とはいえ大した技術じゃあない。あっつい飴を手でこねくり回せる根性があれば時間が何とかしてくれる。この世界じゃ初めてかもしれん飴細工だからな。多少見てくれがおかしくても、物珍しさで手を伸ばす奴《やつ》は居るだろう。

そんな細工飴を、サミィは味わうようにちょっとずつ舐めてる。一方のアリアはどうだと盗み見ると、全部口の中に突っ込んではいるけど、珍しい事に吊《つ》り上がってる眉《まゆ》が下がって、口角が上がってる。つまり、ニコニコしてて嬉しそうに見える訳よ。

アリアが訓練以外でそういう顔をするのは珍しいなーと眺めてると不意に視線が重なったと思ったらすぐにそっぽを向き、ガリガリと噛《か》み砕《くだ》く音が。

「……まぁまぁね。アンタにしてはいい物を作ったじゃない。褒めてあげるわ」

「はぁ……どうも」

心なしか耳が赤くなってるような気がする。飴で嬉しそうにしてたのが恥ずかしいの？　とか言ったら殴られそうだから黙っとくか。

「もう１つ食べてあげるから寄越しなさいよ」

「母さんに怒られてもいいならいいけど、どうする？」

「……止《や》めておくわ」

エレナの力は偉大だ。とはいえ、すぐに昼食となるんだから余計な物を食う訳にはいかないというのが実情。

万が一にでもご飯を残すような事があればそれ相応の目に遭うし、砂糖はカロリーの塊だからな。途中で満腹になる可能性が捨てきれないなら追加はナシの一択。

道中、２人の目が砂糖の入った壺《つぼ》にずーっと向いてたけど、何事も無く屋敷までたどり着きました。

「ごちそうさまでしたー」

今日の昼食も、硬いパンに塩スープというラインナップを満喫し、冷たい水を飲みながら食休みのために机に突っ伏してぐーたらしてると、アリアが肩を乱暴にゆすってくる。

「なに？　アリア姉さん」

「なんで見てもないのにアタシって分かるのよ」

こんな風にがさつに起こすのはアリアしかいないだろ。と言えばぶん殴られるのは明白だから――

「勘」

咄嗟《とっさ》のウソに対して、追撃が来なかったって事は信じてくれたんだろう。ちょろいなーと思いながらのそりとテーブルから顔を上げると、いつの間にやらヴォルフはいなくなってて、リビングには女子３人と俺だけか。

「水」

「ふえーい」

ぐいぐい押し付けられるコップに水と氷を入れてやると満足そうに喉《のど》を鳴らす。

「っぷはー！　リック。さっきの食べたい」

「さっきの？」

「多分飴の事だよ。それだったらボクも欲しいかな」

「あらー。それだったらお母さんも欲しいわねー」

3人そろって飴を要求してきた。別にそれはいいんだけどさ——

「母さん。砂糖は売るって言ってなかった？　それなのに食べちゃっていいの？」

これを売れば間違いなく大金が手に入る。そうなれば多くの食材をルッツに頼んで運んでもらって美味《おい》しい料理を食べさせてくれると言っていたあの約束は嘘になっちゃうんだろうか？

「少しだけよー」

「母さんの少しは少しじゃないんだけど？」

あの時は黙っていたけど、今回ばかりはキッチリ言わせてもらう。

アレを基準に考えると、エレナの少しは俺にとってはごっそりに匹敵する。これが潤沢にあるんであれば文句は言わないけど、甜菜《てんさい》の収穫にはひと月かかるから今はまだ駄目だ。

「ちょっと母さん。一体どれだけ食べたの？」

「ほんのちょっとよー。リックちゃん大げさすぎるわー」

「じゃあ2人に判断してもらおうか。サミィ姉さん。ちょっと窓開けてもらっていい？」

「構わないが……そのくらい自分で出来るだろうに……」

衝撃が大きかったから、今でもハッキリと覚えてる。それがどれだけの量なのかを教えるために、わざわざ砂糖を持ってくるほど馬鹿じゃない。魔法で窓を——開けるのは怒られるから、たまたま窓の近くに座ってたサミィにお願いして開けてもらって、そこから土魔法で砂を引っ張り込んでエレナが食った量を目で見える形にしてやる。

「母さん……いくらなんでもこれは」

「どう考えたって味見の量を超えてるじゃない！」

「そうかしらー？」

「って訳だから、今回は我慢してねー」

一生食べられない訳じゃない。約ひと月我慢すれば同じだけの量が手に入る予定だし、今回の成功を踏まえて規模を拡大するつもりだから、再来月からはもっと多くの砂糖が手に入る予定だってのを伝えると、渋々だけど納得したようだ。

「まったく……母さんのせいで飴《あめ》食べそこなったんだけど？」

「仕方ないじゃないー。久しぶりの甘味《かんみ》だったんだからー」

「だからと言っても一度にあの量は摂取しすぎです。ボク達にも分けてもらわないと不公平ではないですか」

「そうよ。母さんばっかりズルいわ」

……さっきから聞いてると、健康面に関する話題が一向に出てこないけど知らないのかな？　それとも、意図的に避けてるのかな？　どっちか分からないけど、余計な口をはさむのはやめておこうか。

女子相手にダイエットだなんだって話を男の俺がするのは、地獄を見る以外の結末を一切知らないから、ここは沈黙という選択肢しか思い浮かばない。

たとえ数カ月後、砂糖を日常的に味わえるようになって太ったりしたとしても、ここで黙っていた事が活《い》きて――そんなになるなんて知らなかったに決まってるじゃん。という言い訳が成り立つ。

なので沈黙を貫く。なんか聞かれたら答えはするけど、体重だのなんだのに関しては黙秘。また は知らぬ存ぜぬですっとぼけよう。

「ちょっと。さっきから黙ってるけど、アンタもなんか言いなさいよ」

「なにが？」

「母さんに砂糖を大量に食べられる事をだよ。生産者の君が説得すれば聞き入れるんじゃないかな？」

「って言われてもねー」

まぁ、適量を決めてそれをオーバーするようなら二度と作らないよ。とでも言えば多分ルールを守ると思うんだけど、万が一にでも本当にオーバーした場合どうしよっかな。

見て分かる通り、ウチの女子達は砂糖で随分とお祭り騒ぎになってる。

じゃあ村のおば――じゃなくてお姉さん方はどうなのよ。と問うたら全員ではないにしたって大部分がこの3人と似たような反応をするだろう。もしかしたら各家庭で血みどろの争いが繰り広げられるかもしれないし、俺が作ったんだって事がバレてもっとよこせと集団で抗議しに来るかもしれない。

そんな連中に向かって、エレナが食べすぎたから砂糖の生産は中止！　と宣言してしまうと、その日を境にきっとこの村は殺伐とした世界になってしまうだろう。なのであんまりその選択肢は取りたくないんだよなー。きっとすぐ破るだろうし。

「とりあえず、今回出来た砂糖の1割はルッツに売る事が決まってるし、料理とかにも使ったりするから勝手に食べたりしないでね？」

仮に、今回精製出来た販売分の砂糖が金貨1枚で売れたとすれば、そりゃあもう多くの食材を購入出来る。そうなれば、スープの具材が増えてひもじい食卓がちょっぴりマシになるかもしれない。

「それとも……母さんは甘味を楽しみたいがために、子供の俺達にひもじい思いをしろとでも言っちゃうの？」

ここまで退《ひ》かない事に対して、今度は正論を叩《たた》きつけてみる。これは常日頃からエレナが大事にしている事だ。これをないがしろにするという事は、俺達への愛情より砂糖への執着が勝ってるという証拠になってしまうんじゃないかな？

さぁどうするよ。

「それなら大丈夫よー。その砂糖なら少量でも高く売れるからー」

「なんでそう言い切れるの？　というか人の話聞いてた？」

「もちろんよー。でもー、あまり多く食べ物を買っても、倉庫に入りきらないんじゃないかしらー？」

別にどれだけ大量の食料が持ち込まれようとも、それに合わせて倉庫をでっかくすればいい話なんで何も問題は無いんだけど、重要なのはそれをするのが俺になるっぽいんだよなー。

それを考えると、大量の食材を買うのもどうかと思っちゃうから不思議だな。

「だから食べたいって？」

「それもあるけどー、あまり大量に出来るって思わせるのもよくないと思わないかしらー？」

「確かに」

砂糖の白さに関してエレナもおばばのトコのアレザも驚いてた。それはつまり、地球ではごく一般的だったこの砂糖は今世では滅茶苦茶レア物って事になる訳で、その辺をアピールすれば少量でも大金をぼったくれる可能性があるか……。

「でしょー？　それにー、お菓子にするともっと高く売れるんでしょー？」

「そうだね」

砂糖を飴にするだけで倍くらいの収入が見込めるし、綿あめなんて原価数円くらいで５～６００円だった事を考えるとぼったくりもいいところだ。

「何アンタ。お菓子なんて作れるの？」

「まぁいくつかは……」

これでもガキの頃だったり大学の知り合いの手伝いとかで料理の経験は豊富だからな。自然といくつか菓子も作れるようにもなったが材料が無いからなー。現状だと……作れてクッキーが限度か？

「じゃあ売れるかどうか調べてあげるから作ってみなさいよ」

「ただ食べたいだけでしょ」

「あはは。そこを突かれると痛いね」

「まぁいいけど……」

元々なんか作る気だったからいいんだけど、ぐーたら道的には誰かにお願いされると自然と仕事って認識になってやる気無くなるんだよなー。

「何か手伝うかい？」

「いいよ。母さん以外は邪魔になるし、手伝ってもらうほどの事は無いし」

これから作るクッキーは、売り物って事で砂糖といつものライ麦じゃなくて小麦粉を混ぜた物に油分——今回はウサギ肉からちょっとずつ集めたものを使用する。

その３つを混ぜれば生地が完成し、型で適当な形に抜いた物を火魔法で20分くらい焼けば完成だ。

「いい匂いじゃない」

「そうだね。これは今から楽しみだよ」

「ちょい待ち。どうせならもうひと手間」

焼けたクッキーの表面に砂糖をパラリと振りかけ、火魔法でちょっと炙《あぶ》る。

「はいどうぞ」

皿に数枚載せて３人の前に。俺も１枚手に取る。

「ふーん。見た目は悪くないわね」

「そうだね。特に最後に砂糖を焼いて作った艶《つや》が綺麗《きれい》だね」

「問題は味よー」

と言いながら３人が一斉にクッキーをひと口食ったんで俺もひと口。

「どう？」

一応甘さ控えめにしてあるから砂糖が直接ガツンと来る事は無いけど、表面に焦がした砂糖が塗ってあるから甘味は十分感じられるし、サクサクとした食感は何気にこの世界に来て初めてじゃないかな？

俺としては十分美味《うま》いと思う。

「ん？　こっちも悪くないわね。さっきの飴と比べるとあんまり甘くないけど美味しいんじゃない？」

「ボクはこのくらいの甘さの方が好みかな。母さんはどうです？」

「とっても美味しいわよー？」

何かサミィ以外の感想が適当な気がするけど、まぁいい。

とりあえず売れるだろう。問題なのは王都までどうやって運ぶかだよねー。

普通に箱に入れただけじゃあ半月は無理。湿気《しけ》るだろうし馬車の揺れでボロボロになるから運べなくないか？

これは、クッキーそのものを売るよりレシピを売る以外に方法が無いかもしんないな。

「母さん。これはレシピを売った方がいいかも」

「そうねー。美味しいけど長持ちしなそうだものねー」

「……もしかして知ってた？」

「さーどうかしらー？」

これは……初めから織り込み済みだったかもしれないな。今更追及したところでクッキーは胃の中だからどうしようもない。

とりあえず、砂糖を使うのは今回限りで終了。次の甜菜が収穫されるか、村にルッツが来るまでは亜空間の中で眠っててもらおう。

第4章

「おーいリックー。あーさーだーぞー！　おきろー！」

「……ウルサイ」

この声はリンか。相変わらず朝っぱらから元気いっぱいだな。

のそのそとベッドから這《は》い出《で》て窓を開けてみると、すぐそこには手を振ってるリンが居て、少し離れた場所ではヴォルフとアリアが訓練の域を超えた速度でやり取りをしてるのが見える。ウチの家族は誰もが朝が早い。俺が決して遅い訳じゃない事をここに宣言する。

「なに？」

「なんだよまだ寝てたのか？　アレザのねーちゃんがリックに店に来いって伝えてくれってよ」

試作を渡して3日。どうやらおばばの調薬が終わったらしい。まぁ、実際は1日かそこらで終わってただろうけど、薬効に影響が無いかとかを調べてくれてたんだろう。あのおばばだったらそのくらいの事は普通にやってのける。

しかし――

「……もう少し時間が経《た》ってからでも良かったんじゃない？」

別に朝一に来る必要はどこにも無い。俺の1日の動きは家族はおろか村人のほとんどがあと数時間は起きないと理解してくれてる。それほどまでに俺のぐーたらぶりは広まってくれたからな。こんな時間に伝言してきたところで行く気はさらさら無いし、そもそも朝飯の時間があるのに屋敷を出るなど家族が許すはずがない。

「おれが忘れるから今言った！　じゃあなー！」

用件は終わったとばかりに走り去ってった。何だってこの村の住人は朝からあれほど元気なのかね。

「ふあ……っ。半端な時間だしなぁ……」

二度寝すればおそらく朝食を逃す——事にはならないだろうけど、アリアかエレナによる熱烈な起床が待ってるだろうから、仕方なくこのままリビングに向かうとしますかね。

「おはよー」

リビングに顔を出すと、そこではやっぱりエレナとサミィがすでに起きて談笑をしてた。

「うふふー。大きな声だったものねー。明日からも頼んじゃおうかしらー」

「そうしたらわざわざ起こさなくて済むかもしれないね」

「勘弁してよ。俺としてはいつもの時間に起きるのすらしんどいっていうのに」

「ボクとしては何故《なぜ》あれだけ寝られるのか不思議で仕方ないけどね。魔法使いはそうなのですか？」

「どうかしらー？　ずーっとお父さんと一緒に居るけど、リックちゃんほどよく寝るような人じゃないわねー」

「趣味みたいなもんだから深刻に考えなくていいよ」

サミィの問いにエレナは首を傾《かし》げる。今世でよく寝るのは、おそらく前世でブラック企業で働いて削ってきた分を取り戻すためだろうと俺は考えてる。違ったとしても原因は不明だし、何より俺がそれほど困ってないからどうでもいい。

ほどなくして朝食を作るという事なので、今日は俺もキッチンに。前世でもある程度料理が出来たし、少ない食材でなんか美味い料理が作れないかと試行錯誤してるからね。エレナの体調がすぐれない時なんかは俺が飯を作る事もある。他の家族は誰1人出来ないんだけどな。

「それじゃあ食材を任せちゃうわねー」

「はーい」

まずは水洗い。これは水魔法で食材が入る大きさの水球に放り込み、超音波振動で細部の汚れまで取り除き、最後に風魔法で要求通りのサイズに切って鍋《なべ》にポイ。ついでに竈《かまど》に火をつける。

「リックちゃんが居るとお料理がすぐに終わって助かるわー」

「そりゃよかった」

「それにしてもー、そろそろルッツ君に来てもらわないと困っちゃうわねー」

「そうだね」

ルッツが来るのは基本的に月に1回だが、冬になると途中の道が閉ざされてしまうので、冬に入る前に来る時に随分と食料を積んできてくれるから何とかなってる。とはいえ、3カ月経《た》てば我が家の食材は残りわずか。一応麦だけは大量にあるんで、腹を膨らますだけならばなんとかなるけどさすがにそれはキッツイ。

時期的にはそろそろ来てくれるはずなんだが……。王都とかならまだしもこんな田舎《いなか》じゃ大抵が口約束なので、いつ反故《ほご》にされるかは分からんけれど、奴《やつ》には俺の用意する商品は魅力的だろうからそんな事にはならんだろう。

何せ、それだけで店が立ったと聞いてる。それがゼロになったらどうなるかなんて想像しやすい。とか何とか言ってたら、俺の魔力探知の範囲内にいつもの魔物3種と比べて大きめの魔力を持った何者かが侵入したぞ。

数は1。魔力量を考えると単独でここまで来たとは考えにくい。そもそもこんな辺境に1人で何しに来るん？　と突っ込まざるを得ないからな。高確率でルッツが連れてきた護衛だろう。

「母さん。多分ルッツが来る。魔力を感じるよ」

「あらー。今回は魔法使いの護衛が居るのねー」

「そうみたいだから売り物をすぐ準備するねー」

「リックちゃんは一体どこからあんなものを持ってきてるのかしらー？」

「家族でも秘密だよ」

まぁ、普通に転移で秘密の場所に行ってるだけで、別に何か特別な事をしてる訳じゃないんだけどな。

とはいえ、そんな便利な事が出来ると知られれば、冬の間も買い出しのために働かされるし、何よりルッツの代わりをさせられる。それは勘弁だ。

「まぁいいわー。それじゃあ運んじゃうわねー」

「俺も行くー」

って訳で、今日も硬めのパンと具の少ない塩スープを食べる。これとも今日でおさらばって考えるとようやくかと思う半面、基本塩味なんで具材が増えたところでとため息をつきたくなる自分が居る。やっぱ日本人なら醤油《しょうゆ》・味噌《みそ》は必須《ひっす》だなぁ……。それでなくとも出汁《だし》くらいは欲しいね。今度ルッツに昆布だのキノコだの頼んでみよう。


「さーて……それじゃあ行ってきまーす」

「ちゃんとお昼には帰ってくるのよー」

朝ご飯も終わり、のんびりと庭に寝転がって昼までひと眠りしようかと思っていたんだが、もう少しすればルッツがこの村にやって来るし、リンからおばばが呼んでるって報せを受けてたんだったよなーと思い出したんで、仕方なく村に向かう事に。


いつも通り土魔法で土板を作って、涅槃《ねはん》像のように横になりながら移動してると、朝から田畑を耕すという精力的だけど見習う気にはなれない重労働をやっている村人がそこかしこに。

「頑張ってるねー」

「リック様ですかい。そりゃあ頑張らねば税を払っちまったら食うもんが無くなっちまいますだよ。

それに、リック様のせいでもあるですだよ」

春になったら麦の種をまき、それを夏に収穫。秋になったら麦の種をまき、冬前に収穫。ウチの農業はこんな感じで動いてるが、もちろんこれは魔法で十分なケアをしているからこそ出来る芸当なんで、俺の手助けが無ければこんな無茶な作付けは出来ない。

「まぁ、体調崩さない程度に頑張ってね。さすがの俺でも病気や怪我《けが》の回復は出来ないからさ」

「その辺は領主様からもお達しが来てるんで大丈夫でさぁ」

そこら辺の事はヴォルフが村人にも十分に説明してあるらしい。

とはいえ、いずれ農作業に余裕が出来るようになれば他の作物に切り替えるし、堆肥《たいひ》なんかを作れるようになれば俺の魔法支援は打ち切らせてもらうんだけど、あとどのくらいかかるのかなぁ……。乾燥してない新鮮な生野菜が食いたい。


なーんて事に頭を悩ませながらたどり着いたのは、村から少し外れた自作の洞窟《どうくつ》の中。特に何かある訳じゃないけど、ここであれば誰の目も無いので安心安全に魔法を使う事が出来る。


「転移」

魔力がごっそり抜ける感覚に遅れて景色が変わる。

薄暗く湿ったかび臭い空気が充満してた洞窟と打って変わって、辺り一面に広がってるのは瑞々《みずみず》しく育った大量の薬草達に、全長１００メートルは超えてるような、真っ青な葉を生い茂らせた巨大な樹木が悠然とそびえ立つ。その足元には3LDKの一軒家が鎮座しているが、さらに遠くの方に目を向けると今度は剣山のように鋭い鋭い山々がそびえ立ってて、雲の位置も村で見るより近いし、なによりそこには龍《りゅう》っぽい生き物を始めとした空を飛ぶ魔物が結構多い。

ハッキリ言ってここはかなりの危険地帯にあるんだけど、安全性は滅茶苦茶高い。

「おーおー。相変わらずよーく育ってる」

「当然じゃろう。このワシが直々に手をかけて育てておるのじゃ。愚鈍で下等な人間ごときが作った物と比べるまでもないわ」

背後から伸びた手がわしわしと頭を撫《な》でてくる。いい年して頭を撫でられるってのは気分がいいモンじゃないんで、すぐに振り払って背後を振り返る。

「元気そうでなによりだよ。フェルト」

そこに居たのはいわゆるエルフだ。耳が長くてエメラルドグリーンのストレートヘアが腰まで伸びたスレンダーな10代後半くらいに見える美少女然とした——絵に描いたようなTHE・エルフがそこに居るんだよね。

「当然じゃ。ハイエルフであるワシがそう簡単に怪我や病気になったりする訳なかろうが」

フェルトはエルフの上位種というハイエルフらしく、年齢も1万を超えてからは数えてないというほどの超高齢。にもかかわらず肌艶《つや》が10代と比べても遜色《そんしょく》ないところはさすがエルフ。略してさすエルといったところだろう。

「何用じゃ？」

「そろそろ商人が来るから薬草貰《もら》いに来たんだけど……何してたの？」

改めてフェルトを見ると、何故か所々血で汚れてる。正直、そんな姿で薬草園に入ってほしくないなぁ。薬草に悪影響がありそうだもん。

「これか？　つい先程まで能無し羽トカゲ共が大樹様に迫っておったのでの。処分しとったところじゃ」

「羽トカゲって、ワイバーンかぁ……素材はどうしたの？」

ワイバーンは龍の中でも最弱。それでも皮膚は並の武器を通さないし、爪や牙《きば》には毒があるし何より空を飛んでるってだけで人類にとってはかなりの脅威なんで、もし倒す事が出来れば素材一つでかなりの儲《もう》けが期待出来る。

もちろんそんな素材を卸せばとんでもない厄介事が手招きして待ってるんで、時機を見てぐーたら生活の足しに出来るように亜空間に放り込んであるのがそこそこの数あるし、もっと上位の龍の素材も眠ってる。

なにせフェルトは俺が知る限り最強の存在だ。魔力も馬鹿みたいに多いしちゃんと他者の魔力を感知出来る。おまけに剣の腕はもちろん弓を扱わせたら、ここにある山なんて1日あれば穴だらけ。当然ヴォルフより強いからワイバーンなんて数頭程度なら歯牙《しが》にもかけないほど。だから期待した目でそう尋ねたが、あちらさんは気まずそうな表情のまま視線を逸《そ》らす。

「すまんのぉ。小僧が来ると分かっておれば原形を残しておいたんじゃがな」

「なんてこったい」

つまり、跡形もなく消し飛ばしてしまったという事らしい。相変わらず最強としてその腕を振っているようだ。

「し、仕方なかろう。あの羽トカゲは、よりにもよって大樹様に近づこうとしたのじゃぞ？　それだけでワシにとって万死に値する償の理由になるわい」

「ただのでっかい樹でしょ？　別にいいじゃん近づくくらい」

フェルトが大切にしている樹だけど、あれはここを見つけた当初から薬草と一緒に生えてた。

あそこまで大きくはなかったけど、それが薬草と一緒に普通に育ててたら日に日にデカくなって、今じゃあかなりの大木に成長。おかげで薬草の一部が日陰になってるんでその辺りをバッサリ切りたいところなんだけど、それをぼそっと言っただけで御年万を超えたフェルトがドン引きするほどのギャン泣きで中止するよう請《こ》うてきた。

正直、ハイエルフのフェルトがそこまでする樹だからきっとアレなんだろうなぁって思わなくもないけど、深くかかわると面倒そうな気がするんであえて詳細は聞かないようにしてるし、あっちもそれを語る気は無いようなんでどうでもいい。

「ただのでっかい樹ではないわ！　まったく……何故お主のような小僧が大樹様の生育者なのじゃ。信じられん」

「知らないよ。そんな事よりさっさと薬草ちょうだいって。急いでるんだからさ」

「分かっておるわ。お主も屋敷の水を満たすのを忘れるでないぞ。羽トカゲの血を洗い流すためにこれから風呂《ふろ》に入らねばならぬのじゃからな」

いし別荘の裏にある貯水タンクへの水入れくらいしてやろう。

見繕ってもらうのに多少時間がかかる。その間ぐーたらしてたいところだけど、さして手間でもな

別にフェルト自身も魔法で水を満たす事が出来るのは百も承知だけど、ここにある薬草を適当に

「はいはい」

「どうじゃ。こんなもんでよいじゃろうか」

「うん。いつも通りに貰っていくね。後はあれだけだ」

背負い籠《かご》2つ分ほどの様々な薬草を亜空間に放り込み、大樹のそばへと歩み寄る。

相変わらず大きい。そして触れた途端に俺の魔力を吸い取るような感覚にがめついなぁと少し怒りを感じつつも、それに長時間付き合ってやるほど暇じゃないんで、こっちから大量に送り込んでパパッと終わらせる。

「……こんなもんか」

もう要らないと言わんばかりに魔力が弾《はじ》かれたんで止《や》めてやる。そうしてフェルトに目をやると、いつも通り大変満足そうな笑みを浮かべて何度も頷《うなず》いてる。

「ご苦労。大量の魔力に大樹様も大変喜んでおられる。この事をありがたく思うがいいぞ。小僧」

「はいはいありがたいねー。とでも言うと？　ご苦労、じゃなくてありがとう。じゃないの？」

「ん？　あぁそうじゃったのぉ。まだ小僧と瞬《まばた》きのような時しか過ごしておらんからどうも記憶に根付くのに時間がかかるんじゃ。もちろん感謝しとるわい」

こっちとしては数年でも、フェルトにとってはほんの一瞬。だから、本当に物覚えが悪い。

「いい加減覚えてくれないと――」

「ここから追い出すのは勘弁じゃ！　後生じゃからそれだけは許してくれい！」

「分かったから引っ付くなって」

こういう事はしっかり覚える。といってもマジで追い出すつもりは無い。大人しく出て行くならいいけど、絶対にそうならない。

本気になったフェルトはマジでおっかないし、何より超強いからこっちも本腰入れて動かなくちゃいけなくなる。ぐーたら道に邁進《まいしん》する者としては面倒なんでそれは勘弁。

初めての出会いはマジでおっかなかったし差別発言しかしなかったからなぁ。超強いから大人しくさせるのも滅茶苦茶しんどかった。

それが今では対等な関係だと俺は思ってる。それも全ては生育者とかいう訳の分からん呼び名のおかげだが、俺には一切育てたという自覚は無い。むしろ勝手に人の魔力を吸ってすくすく成長したって認識をしてる。

「じゃあいつも通りに枝を1本貰ってくよ」

「むぅ……やはり連中にくれてやらねばならぬのか？」

「そういう約束だからね。フェルトの湯舟だって作ってくれたんだよ？」

まぁ、元は俺が使う用だったから、正確に言うんであれば違うんだけど大きなくくりでは間違ってない。

「そう聞くと使いたくなくなってくるのぉ」

「処分する？」

「言うてみただけじゃ。真に捉《とら》えるでないわ」

たかが枝1本だが、フェルトは苦虫《にがむし》を噛《か》み潰《つぶ》したような表情で不満の声を漏らす。俺からすれば以下略なんで気にも留めないが、毎月毎月同じやり取りをするのは正直メンドイ。

「ならばあの辺りの枝を持っていくがよい」

「あの辺りね」

フェルトの指示した辺りを風魔法で切り取る。サイズは俺の腕くらいに巨大で、葉っぱもいくつかついてるがこっちは不用品なのでフェルトに返却する。

「じゃあまたねー」

「ああ。また来るが良い」


って訳で次の場所へと転移。フェルトの前で堂々と使うのは、バレたところでそれが広まるような事が無さそうだからだ。

なんでも、あの邪魔な大樹のそばで暮らす事はエルフにとって何物にも代えがたい幸福にあたるらしく、別に明言しなくてもこっちにとって不都合な事をすれば追い出されると勝手に勘違いしてくれてるようなんで、心置きなくこき使いまくってる。

まぁ、こんなガキが龍の巣食う山にどうして家建ててるんじゃ？　と聞かれてなんにも言い訳が

思いつかなかったってのもあるがね。

「ハイ到着ー」

薬草園から景色が変わり、今度は周囲を岩に囲まれた洞窟と言って差し支えない場所。

全体的に薄暗く、岩肌に開いた穴から光が差し込むけどさっきまで外に居たんでそこと比べりゃマジで暗いから光魔法を懐中電灯代わりに使っていつも通り土板で進み始める。

ちなみにこっちはフェルトの場所と比べて人通りが多いんで、こっそり作った隠し洞窟の中に飛び、近くに人の気配が無いのを確認してから出ているので心配ご無用。

「相変わらず熱い！　ウルサイ！　臭い！」

隠し扉を開けると一気に熱気と臭気が押し寄せる。

ほとんど密室と変わらんこの場所は、いたるところに赤々と燃え盛ってる大小様々な炉が建設されてて、そこからガンガンギンギンと甲高い音が間断なく響いて洞窟内で反響しまくってるから、魔法で耳をキッチリガードしないと鼓膜があっという間にぶっ壊れるし汗とか汗とか汗とかの悪臭が充満しまくってる。正直なんでこれで平気な顔して暮らしてられんのか正気を疑うよ。

ここに暮らしてるのはあのドワーフ。男は子供くらいの身長のマッチョに髭《ひげ》だるま。女は合法ロリ。当然のように鍛冶《かじ》仕事が得意で、名工ともなれば世界中から冒険者だったり騎士だったり傭兵《ようへい》だったりといった連中がこぞってやって来る。

現にすれ違うのもそういった連中ばっかりで、俺を見るなり不思議そうな顔をするが、気にも留めずに目的地に向かう。

俺はここにある工房の1つに、武器とは全く関係の無い調理器具を作ってもらってる。これが人気商品なんだ。さすがドワーフ謹製だね。

「あれ？」

今月もいつも通りの工房までやって来たんだけど、何故《なぜ》かそこだけ炉の火が完全に落ちてて中に人の気配も無い。一応ここのドワーフ集落の中でも一番腕がいいと自他共に認められている工房を選んだつもりなんで廃業って事にはならないと思ってたんだけど……意外とドワーフの世界にもそういう事があるのかぁ。

「お！　ホンマに来てるやないか。お嬢の勘は相変わらずやな」

仕方ないから他の工房に頼み直すかと工房から出たら、なんか事情を知ってそうなドワーフが駆け寄ってきた。正直見た目がほぼ同じなんで誰か一切分かんないが、あっちは俺を知ってるっぽい。

「ねぇ。ここって潰れたの？」

「なに言うとんねん。自分のせいやで」

「いやいや。俺はこの店の上得意様だよ。お金を払った事は無いけど、代金代わりに必要不可欠らしい物をいつも卸してるのに、店を潰したなんて言われる筋合いは無いよ」

我が領地に子供に小遣いをやるような余裕はない。なので、ここで作ってもらう調理器具に対しての支払いはフェルトが苦い顔をしながら採取させてくれる大樹の枝で済ませてる。

正直こんな木の枝でいいのかと思うんだけど、相手はむしろこれを貰《もら》ってもいいのかとマジでしつこいくらいに確認をとられたからな。

だから、正直言ってこの店が儲かってるのかどうかは知らない。客は結構来てたイメージがあるけど、武具が売れてる光景はあんま見た覚えがないから潰れたってのが第一候補。

「覚えとらんか？　この前来た時に自分が何をしたのかを」

「なんかしたっけ？」

「ミスリルや！　ミスリルの鉱脈を教えてくれたやん。しかもメッチャえげつない量の鉱脈やったおかげでどこの工房でもミスリルの武具を作りまくっとるわ」

「……ああ。そういえばそんな事もあったね」

去年雪が降って王都への道が断たれる前、1年最後の取引の時にちょっと目算を誤って商人が早く来たからその対応に追われてしまい、大樹の枝を持ってくるのをついうっかり忘れたんだった。

工房のドワーフは常日頃貰いすぎてるから別に構わんと言ってくれたが、さすがに代金を支払わんまま品物を受け取るのは相手に貸しを作るみたいで嫌なんで、土魔法で何か無いかと調査したらミスリル鉱脈を発見。その情報を代金代わりにしたんだったっけ。

「思い出したようやな」

「そうだね。でもここに居ないって事は、鍛冶師を辞めてミスリルでも掘りに行ったの？」

「アホ抜かせ。頭《かしら》が鍛冶辞めてもうたら大陸中の連中が困るわ。工房をミスリルがぎょうさん手に入る近場に移しただけや」

「じゃあそこまで案内して」

「元からそのつもりや」

そんな訳で、ドワーフを土板に乗っけて親方の居る場所へと向かう。汗臭いのが気になるけど、急いでるしぐーたらには代えられない。


「ねーまだ着かないの？」

「まだや」

無人となった工房から移動を始めてそろそろ30分は経《た》とうとしてる。

最初は街の中を移動してたけど、それがやがて郊外になって。武装したドワーフが立つ不思議と警備が厳重な門を通り、今は坑道っぽい道をひたすら下へ下へと突き進んでる。

一応昼食まではまだ余裕があるから大丈夫だけど、さすがに遠すぎるでしょ。

その存在自体を完全に忘れてたせいでほぼ覚えてないけど、ミスリルがあったのってこんな深い場所だったたっけ？　ってくらい進んでるし、そこら中につるはしを持ったドワーフが居て目を爛々《らんらん》と輝かせながら採掘作業をしてる。

「この辺りもミスリルが出てるの？」

「せやで？　っちゅうかなんで見つけた本人が分かっとらんねん」

「分かってないんじゃない。覚えてないだけだ！」

「……まぁ、来たんが3カ月前やったもんな。それよりもそろそろやで」

そろそろって事はまだ到着って訳じゃないのかぁと内心ガッカリしてると、トロッコがすれ違えるかどうかってくらいに狭かった坑道が突如として開け、目の前には上の街に比べると小規模ながらも複数の工房が立ち並ぶ村みたいな集落があった。

そして、当たり前のように金属を叩《たた》く音が聞こえるけど、気になるのはそこら中で光を放ってる何か。

あれのおかげで、地下何メートルか知らないけど、めっちゃ深いこの場所でもかなりの明るさが確保されてる。魔力的なものも感じないし一体何なんだろう？

「ねぇ。あれなに？」

「うん？　あれは精霊石や」

「精霊石？」

なんでも、精霊の力を凝縮した物だとか。ああして照明として使ったり空気清浄に使ったり水源として使ったり出来るらしいけど、それが出来るのは親方が契約してる精霊くらい高位じゃないと難しいとの事。

「ところで、こんな場所に工房開いて大丈夫なの？」

明るさについては納得……まぁ納得しておくとして、問題は炉だ。

こんな所で炉を――それも複数稼働させたらあっという間に蒸し焼きになるし、何より酸素不足であっという間に死ぬんじゃないのかなって疑問がある。

「平気や。ここにあるんは精霊が居る炉だけやから。普通のモンと違《ちご》うて息苦しくなったりせぇへん。そこら辺はちゃんと考えとるわい」

「ならいいけど……精霊ねぇ」

この世界には精霊が存在してるらしいんだけど、これが見えるのはそういったスキル持ちだけで、ドワーフには火の精霊が見える奴《やつ》が時折生まれてくるんだって。それと契約出来れば、酸素の代わりに魔力を使って普通の炉じゃ精錬すら困難なミスリルを始めとした希少金属も簡単に加工出来るんだとか。

全部親方に説明されただけでざっくりとしか理解していない。とにかく精霊の炉であればここで作業してても何ら問題は無いとしても暑くて汗臭い事に変わりはない。唯一の救いが音だけは小さい事かな。

「ここや」

なんてやり取りをしてるうちに目的地に到着。ここが俺の商売相手である親方が暮らし、ミスリルで何かを作ってる工房らしい。

「随分と小さい工房になったね」

「この場所じゃこれが精一杯や思うで？」

上の街ではデカい工房と言っても差し支えなかったけど、ここだとせいぜいが中規模程度だ。それでも他の店と比べりゃ1番デカいのは親方の所だからだね。

「案内ありがとね」

「構へんよ。お嬢に言われたら無下にはでけへんしね」

目的を果たしたドワーフは別の店へと帰っていった。どうやらあいつも精霊が見える一派だったらしい。精霊石に興味あるけどなんとも出来ないんじゃなぁ。残念だけど、さっさと調理器具を受け取ってさくっと帰ろう。

店内は精霊石のおかげだろう、上での店で営業してた時と変わらないくらい明るく、カウンターの奥には親方が作ったであろう剣や斧《おの》といった武器がズラリと並んでる。けど値札が無い。

奥へと通じる道はカウンターの奥と入ってすぐの右斜め前にあって、後者の方には木製の扉がある。

「こんちはー。リックでーす。いつもの受け取りに来たよー」

「はいはーい。ホンマに来とったんやね。迎え行かせて正解やったわ」

右斜め前の扉から出てきたのは、俺の肩くらいまでの身長しかないこの店の看板娘であるララ。茶色のショートボブが似合う巨乳さんでクリッとしたエメラルドグリーンの目に八重歯が印象的な可愛《かわい》い娘さんだ。

「久しぶりー。随分とこぢんまりした店になったね」

「自分がミスリルの鉱脈がある言うたからオトンがこないな場所に工房構えてしもうたんや。いい迷惑やでホンマに」

「鍛冶以外の店とか無さそうだしね」

「無さそうやなくて1軒も無いんや。おかげで食材買うのにいちいち上まで行かんとアカンから色々メンドイねん。ウチは正直言って上で暮らしたいんやけど、オトンがウザいねん」

「親方は子煩悩の親馬鹿だからねー」

親方はかなりララを溺愛《できあい》してる。そりゃあもう目に入れても痛くないを平気で実行に移しそうなくらいで、近寄る野郎が居ればもれなく殺意のこもった目で睨《にら》みつけるし、会話でもしようものなら値段のつり上げなんて日常茶飯事。そんな光景を俺も何度か見てきたし、俺も何度似たような目に遭った事か。

今じゃあ大樹の枝をあげてるから随分軟化したけど、それでも面倒な事に変わりはない。ロリ趣味じゃないんで。

「そんな生易しいもんやないのはアンタもよぉ分かっとるやろ？」

「結構簡単だと思うけど？　面と向かってパパなんて大っ嫌い！　とでも言ってやればショック死するかもよ」

「死なれたら困んねん！　ったく……もうええわ。それよりも調理器具やったな。持ってくるから座って待っとき。あと、店番頼んだで」

「仕方ないなぁ……」

親方を含め、腕利きがここに店を移したからか、こんな場所でも客らしき連中の姿があって少し賑《にぎ》わってたけど、この店は静かなもんだ。

なにしろここは、ドワーフの中でも最高峰（自称）の腕前を持つ鍛冶師《かじし》の工房だから。その武具を手に入れようと、冒険者なり商人なりがたまーにやって来る。でもほとんどはララに門前払いを食らうのがオチ。口も達者だし一山いくら程度の連中じゃ足元にも及ばないほど強い。そのくらいじゃないと店番は務まらないけど、俺は魔法があるんで一応務める事が出来る。

なので、土魔法で作ったソファに亜空間からクッションとか英雄譚の本、キンキンに冷えた水なんかを取り出してパーフェクトなだらけ店番を決める！

「あー……水の冷たさが全身を駆け巡るぅー……」

「オドレはあいも変わらず怠けとんのぉ」

暇つぶしに読んでた英雄譚から目を離すと、そこにはドワーフとして全く不釣り合いなほど巨大な筋肉だるまの髭《ひげ》もじゃおっさんが居た。

「おいーっす親方。今日もちゃんと鍛冶やってるかい？」

親方は身の丈3メートル超えの巨大な髭だるまだ。顔面が並の山賊が裸足《はだし》で逃げていくほど凶悪なのに加えて、他のドワーフが大きくて150センチ程度なのと比べると、その大きさは異様の一言。

これだけデカくて悪人面なせいか、子供は速攻でギャン泣きしてほとんど近寄ってこない。

何でも親方の祖先に別の種族と結婚したドワーフが居たらしく、隔世遺伝で時々こうやってデカい個体が生まれるみたいで、親方はその中でも特に大きいんだとか。

そんな親方がにかっと笑う。それも十分に怖いけど笑うのは機嫌がいい証拠。

「オドレのおかげでミスリルを好き勝手打てるんじゃ。外に出る訳ねぇじゃろうが」

「それだけ頑張ってたんだから期待してるよ。ハイ報酬」

軽いやり取りにお互いニヤリと笑い、俺は枝を投げ渡す。

「うおっ⁉」

「へー。親方でもびっくりする事あるんだね」

「当然じゃろうが！　こいつぁ儂《わし》らを始めとした精霊契約者にとって喉《のど》から手を出してもロクに手に入らん代物じゃぞ！　それを薪《まき》でも投げるように渡されりゃ驚くに決まっとるじゃろうが！」

「俺的には簡単に手に入るからね。精霊に関しても全く見えないんだから、雑になるのも仕方ないよ」

親方や精霊からすれば垂涎《すいぜん》の品だろうと、俺からすれば本当にただの木の枝だ。それも、勝手に人の魔力を吸って無駄にデカくなる自分勝手なクソ樹から、取ろうと思えば沢山手に入れられる。やったらマジギレするエルフが居るからやんないけど。

ちなみにフェルトも樹の精霊と契約してるらしいよ。さすが最強スペック。


「まぁええわい。これでようやく本腰を入れてミスリルを叩けるってもんじゃ」

「え？　今回本気出してないの？」

「オドレがこないなもん持ってこんかったら、精霊も今まで通りの方法でやってこれとったんじゃがな。手に入らんと分かってから来ん間は随分と苦労させられたわい」

今までだったら代金と一緒に高ランクモンスターの魔石とかを受け取る事で精霊のご機嫌をとってたらしいんだけど、なまじ毎月のように大樹の枝が献上される事に慣れた精霊は、それが無ければ仕事の手を抜くようになったみたいだ。

「そんなわがまま言うような精霊との契約なんて切っちゃってよ」

「おま……ッ⁉　とんでもない事を言ってのけるのぉ。儂の契約精霊は大精霊じゃけぇそう簡単に出来る訳なかろうが！」

「じゃあ俺が死んだらどうする訳？　俺は普通の人間だから生きられたとしてもせいぜいが80年。一応その間は取引する予定だけどその先はどうするの？　仕事をしない無駄飯食らいなんて邪魔なだけじゃない？」

エルフもドワーフも長命。そして精霊は不死の存在らしいので、いつまでも贅沢《ぜいたく》に胡坐《あぐら》をかいてる訳にはいかない。

その時になって契約やーめた。なんて言われるよりも、今のうちに新しい精霊ともう1度キッチリと契約し直しといた方が何かとやりやすいだろうと思っての助言なんだけど、カウンターの後ろの通路側からものすごい量の炎がこっちに向かって飛んできたので慌てる事無く水魔法で防ぐ。

「あんま儂の精霊を怒らせんでくれんか？　炉の火加減が難しゅうなる」

「だったらここで注文するのを止《や》めるよ。そうなったら来月から大樹の枝が手に入らなくなって困るだろうなぁ～。それに比べてこっちは鍛冶師なら誰でもいいわけだしぃ～」

まぁ、こっちもこっちで納品物の質が下がるのが懸念材料だ。ドワーフ作製ってブランドだけである程度価値を持つ。とはいえちゃんと説明しないと信用問題にかかわる。

そんなデメリットをおくびにも出さずにノータイムで言い返すと、精霊が何か言っているようで親方がうんうんと頷《うなず》いたかと思えば、困ったように頭を掻《か》きながら「ウチのモンが謝罪しとるんやけど」とか言ってきた。

「謝罪ねぇ……」

精霊が謝ってると言われても、俺には見えないからなぁ。

とはいえ、親方はこういう嘘を言うような性格じゃない。短い付き合いだけどそのくらいは分かってるつもりだ。

「詫《わ》び……っちゅう訳やないが、こないなもん作ってみたんじゃがどうじゃろうか」

少し悩んでると、カウンターの奥から取り出してきたのは青白く光るフライパン。手に取ると、いつもの鉄製の物と比べて滅茶苦茶軽い。見た目ですでに何を使って作ったかが分かるけど一応聞くか。

「ミスリル製？」

「そうじゃ。まだ試作じゃからオドレには不満じゃろうが、枝があれば必ず満足のいく物を作る事を誓ったる。じゃけぇ、許してもらえんじゃろうか？」

ふーむ……確かにこれは商品としての出来としては良くない。それに、貰《もら》ったとしても今は絶対に売れない。でも、10年後20年後。村が発展してからであれば、ミスリルの調理器具を売買出来るっていうのは非常にありがたいな。

「仕方ない。このフライパンに免じて許してあげるよ」

「一体なんの話をしとったんや？」

親方の謝罪を受け取ったら、そのタイミングでララが戻ってきた。その手にあるのはいつもの調理器具。

「精霊石についてちょっとね」

はぐらかしながら商品に手を伸ばそうと思ったところ、親方のデカい手がぬ……っと遮ってきた。

「儂が渡す。オドレはララに近づくんじゃねぇ」

「はいはい」

こっちとしては、誰から受け取っても品質に変化が無いから文句は無いんで、ララ――親方――俺という逆に邪魔になるリレーで鍋《なべ》だの包丁だのを一つ一つ受け取っては鑑定。それで品質に問題が無ければ亜空間に放り込んで、不備があれば返品。というのがいつもの流れ。

「しかし……本当に枝が無いと駄目になってるな」

いつもなら返品する物は滅多に出ないんだけど、冬の間に大樹の枝が無かったせいで精霊が不機嫌だったからか、いつもより質の落ちる商品が何個も見つかった。もちろん価値が無い訳じゃないけど、今までのブランド力を鑑みるとやっぱ不良品は出したくないので、これらは買取不可……っと。

「うん？　なぁリック。いつもより弾《はじ》く数多い気ぃするんやけど？」

「文句なら、俺の持ってくる枝がないからって手を抜いてた精霊に言って」

「あ？　そりゃ一体どういう事や」

「見て分かんない？」

とりあえず俺的に売り物にならない鍋をララに投げ渡す。その際に親方の顔色がどこか悪いよう

な気がしたし、あれだけ暑かった気温が気のせいか低くなったような気もする。

「……なんやこの無様な鍋は。オトンが作ったんか？」

「いや……あのなララ」

「ウチはこの不細工をオトンが作ったんかって聞いとんねん」

「はい……作りました」

「おいコラ。何逃げようとしとんねん。アンタもそこ座らんかい！」

精霊に言ってるんだろう。姿形は見えないけど、正座してるだろうなぁってのは想像しやすい。あと。主《あるじ》置いて逃げるとか、やっぱり変更した方がいいんじゃないかなぁ？

「ララは全く気付かなかったの？」

「気付かんかった。多分やけど、食材の買い出しン時とかにやっとったんや思う」

「意外と狡賢《ずるがしこ》いね」

「でかい図体で何しとんねん！　それでもドワーフなんか！」

「ララの言う通り。自称だけどドワーフでも最高の腕を持つ鍛冶師なんでしょ？　言っておくけど、地位が落ちるのなんて一瞬だよ？　ちなみにこの3カ月で武具売れた？」

俺の調理器具であれば、この程度の不良品なら普段使いするのに何ら問題は無い。あるとすれば武具を買ってった連中だろう。

「少し前に1人が研ぎに来たくらいやな」

「じゃあいっか」

元々販売に際しての条件はすこぶる厳しいからね。なんとなくそんな気はしてた。

「ええか？　次こんなんしおったら説教だけやスマンで」

「はい……」

たった数分で随分と小さくなったもんだ。

この集落で並ぶドワーフ無しと言われ、鍛冶《かじ》仕事をする連中から畏怖《いふ》と尊敬の眼差しを向けられるあの親方とは思えないな。

「ホンマスマンかったリック。こないなモンを作ったオトンと精霊にはよぉ言い聞かしとくわ」

「まぁ、分かってくれたならそれでいいよ」

どうやらこれからも枝を渡しても問題無さそうだという事が理解出来た。

ちょいと天狗《てんぐ》になりかけたなら告げ口をするだけであら不思議。来月にはちゃんとした商品が納入されるんだからね。やはり女性の怒りというのは効果てきめんだね。

「自分が来てあの枝を持ってきてくれよったからオトンも精霊もノリノリで仕事してくれてる思うて安心しとったけど、３カ月手に入らんかっただけでこないな商品作る事に何とも思わんのかこのボケ共！」

「す、スマン……」

「せやったらさっさと鍛冶場で仕事しぃや！　こっちはリックと来月の注文に関して話し合いしとるから」

「おいララ――」

「なんや？　まだ何かあるんか？」

「……なんもない」

俺を引き連れて鍛冶場とは違う扉に向かうララに対して親方がすぐに止めに入るが、氷みたいに冷たい蔑《さげす》んだような態度に滅茶苦茶ショックを受けたようで、説教受けてた時よりさらに小さくなってカウンター奥へと消えていった。

「さて……まずは売り上げはどうやった？」

あれだけ怒りをあらわにしてたのに、もうすでにニコニコ笑顔だ。この切り替えの早さには恐ろしさすら感じるね。

「そうだね。フライパン・鍋・包丁は相変わらず人気商品だって聞いてるけど、計量スプーンはあんま売れなかったって聞いてるからアレはいいかな」

「確かにあれはあんま使いモンにならんわな。料理やっとる身ぃからすると、あんなんに頼らんでも調味料の加減くらい出来るもんやからな」

「まぁ、料理では初心者くらいしか使わないけど、お菓子作りには必須《ひっす》なんだよ」

料理に比べてお菓子は非常に繊細だ。少しの分量間違いが失敗に繋《つな》がるものが多い。だから計量スプーンを作ってもらったんだけど、売れないってなるとこの世界のお菓子事情はロクなもんじゃないようで、やっぱテンプレって感じるね。

「なんやリック。アンタ菓子が作れるんか？」

「少しだけね。という事なんで、計量スプーンは生産打ち切りにして……今度はピーラーなんてどうかなって」

「ぴーらー？　なんやそれ」

「ええと……こんな感じの物で野菜の皮を剥《む》くための調理器具なんだけど」

大まかな形を土魔法で再現しながら説明を交えるが、ララの表情は浮かない。

「どないやろ。そもそも野菜の皮だけ剥くなんて必要なんか？」

「ララ達ってどんな野菜食べてるの？」

「ウチらドワーフは基本野菜は食べへんよ？　リックはどうなん？」

「ウチは乾燥野菜だから必要無いんだ。というかそんな偏った食生活で体調崩したりしないの？」

「特に聞いた事あれへんし、ウチも病気一つした事無いわ」

「頑丈だね。じゃあここに来る冒険者とか商人から話を聞いたりしてない？」

「聞かへんな。ここに来る商人は武具の買い出ししかせぇへんから食材の話は全くと言っていいほど出ぇへんのよ」

「じゃあこっちで聞いてからにするよ」

売れるかどうかも分かんない商品を作るのは計量スプーンで懲り、一応相談してみたんだが相手を完全に間違えたらしい。まさか野菜を一切食わないとは思いもしなかった。大酒飲みだからてっきりフライドポテトくらい食ってると思ったがそれも無いとはちょっとだけ人生損してるなぁ。今度作り方でも教えてやろうかな。

しかし、こうなると何を作ったらいいか悩むね。草案はいくつかあるけどやっぱりこの世界にハマる物じゃないと受け入れられ辛《づら》い。

おたま――木製のがあるんでわざわざ金属製に買い替える人は少ない。

水切り網――そもそも水を潤沢に使えない。

カトラリー一式――悪くないが一般家庭には値が張る。

バケツ――井戸の水を汲《く》むくらいしか用が無い。

「うーん……何かいい案はない？」

「あったらどっかの誰かが作っとるやろ」

どれもこれもこの世界の一般基準に合わない。包丁や鍋といった器具はどんな種族であろうと必要とするため、多少値が張っても売れてる。

けど、大して調理技術が発展していないこの世界では、それ以上の物を売り込むならそこら辺を何とかしないといけないけど、面倒臭すぎる。

「もう時間も無いし、今月はいつものままでいいかな」

「ほんなら来月は包丁・フライパン・鍋でええんやね？」

「大丈夫。ピーラーに関しては一応話を聞いておくから、また来月に」

「ほんなら契約書にサイン書いてや」

注文が決まったんですぐに契約書にサイン。

「毎度アリ。それにしてもホンマにあのアホ共がスマンかったわ」

「別にいいって。ちゃんと仕事さえしてくれたらさ」

「そこはちゃんと言い聞かせとくわ。それよりも菓子作る言うてたやんな？　どんななん」

「気になるなら少し分けるよ。まぁ、材料が無いんで大したものは作れてないけど味には自信があるよ」

「それは楽しみやわぁ」

自由に使えるのは少量の小麦と砂糖しかないから、作れるのはせいぜいがクッキーか飴《あめ》くらい。とはいえ砂糖が自由に使えるのは大きすぎるアドバンテージだ。ポケットからクッキーを取り出したがふと気になった疑問を口に出す。

「そういえばお菓子って高級品だよね？　家計が大変だって聞いてるけどお菓子が食べられる余裕なんてあるの？」

値段までは知らないが、ソフトボール大の壺《つぼ》に入った砂糖で銀貨数枚——地球換算で数万はする高級品で、それをふんだんに使用するとなると目玉が飛び出るほど高いはずだ。一体どうやって手に入れたのだろうか。

「オトンの知り合いの冒険者が武具の調整しに来る時にくれんねん。丁度残っとるのがあるからウチもおすそ分けしたるわ」

そう言ってカウンター横の扉の奥へ。その間に亜空間から砂糖を取り出してクッキー数枚にパラパラと振りかけてカラメリゼしてるとララが奥から大きめの金属の箱——ちょっと豪華なクッキー缶みたいなのを手に戻ってきた。

「何なんそれ」

「表面に砂糖がかかってて、それを火で炙《あぶ》ると香ばしくなる。いい匂いでしょ」

「ホンマやね。香ばしいいうんはよく分からんけど、ええ匂いなんは分かるわ」

「で？　それがたまに食べてるっていうお菓子なの？」

「せや」

開けられた箱の中にあったのは、クッキーっぽい板。随分と硬そうだし、お菓子特有の甘い匂いが全くしな——いや、微かにするな。

1枚手に取ってみると、見た目通り滅茶苦茶硬い。机に軽く当てるだけで硬質な音が返ってくる。

味は……ララは平気でかみ砕いてるけど俺には無理なんで風魔法ですり潰《つぶ》して粉になったそれを舐《な》めると、随分と遠くの方で砂糖が手を振ってるのが分かる。こいつは甘味《かんみ》と呼んでいい物じゃあないな。

ララから貰《もら》ったクッキー？　を食べてこれで菓子名乗るって面の皮厚すぎwとか俺が内心馬鹿にしていた一方で、甜菜《てんさい》で作った甘さばっちりのクッキーを口に放り込んだララは置物みたいになって全く動く気配が無い。どうやらその甘さにビックリしてるみたいだ。

別に用事らしい用事は全て終わったんで放っといて帰ってもいいんだけど、勝手に居なくなって来月しこたま叱られるのは納得がいかないからな。そして俺には昼までに戻らないといかんという時間制限があるのでサクッと終わらせるか。

「もしもーし！」

「っ⁉　な、なんや」

「俺の作ったお菓子はどう？」

まぁ、聞かんでもすでに分かってる事だがな。

「凄《すご》いわ。えらい甘いやん。アンタの暮らしとるトコは貧乏やったん違うんか？」

「使った材料は手作りだからほとんどタダだよ」

何せ甜菜はこの世界ではほとんど見向きもされない野菜だからな。我が貧乏領地でも十分に購入が可能だった。そのおかげでこうして砂糖の安定供給が出来る目途がようやく立ち、こうして甘いクッキーを作れるんだからな。

「砂糖を手作りて……どうやって作り方の情報手に入れてん」

「決まってるじゃん。秘密だよ」

「相変わらず秘密が多いなぁ」

「その秘密の1つのおかげで親方が熱心に鍛冶《かじ》仕事をして、ちゃんとした商売出来てるんじゃん。そこを探らないのがいい付き合い方だと俺は思うなぁ」

「まったくやな。正直、アンタがここに包丁や鍋《なべ》作ってやなんて仕事を持ってきた時は正気を疑ったで？　それも報酬にあの大樹の枝やろ？　あれで断る精霊契約者が居たら見てみたいわ」

「俺はフェルトに言われるがままに提示しただけなんだけどね」

適当に転移で飛び回ってた時にここを発見し、丁度うちの調理器具を新調したいなぁと思ってたんで、渡りに船とばかりに薬草を報酬に鍋とか作ってくんない？　と商談を持ち掛けたら見事に追い返された。フェルトにぎゃふんと言わせたいと相談したらあの枝を貰《もら》ったんだ。

そのおかげで商談は即成立。今の関係がある。

「よぉあの頭でっかちで草臭いエルフを相手に貴重な大樹の枝譲ってもらえるほど仲良ぉ出来るモンやな」

「仲が良いのかなぁ？」

俺は薬草を育てる人手が欲しくて、フェルトはあの大樹のそばで暮らしたい。

利害は一致してるけどこれが仲良しなの？　と聞かれれば違うっぽいよね。どっちかといえばビジネス関係かな？

「まぁええわ。そのおかげでオトンが仕事してくれて食うに困らん生活送れとるんなら、気に食わんエルフに感謝くらいしたるわ」

「フェルトに伝えとくよ。じゃあ俺はそろそろ帰るね」

「なんやもう帰ってまうんか？」

「昼ご飯までに帰らないと母さんが怖くてね」

「アンタにも怖いモンがあったんやな」

「そりゃそうだよ。母さんが怒った時の怖さったらないよ。ララの所は違うの？」

「……ウチよりオトンがアホやから、よぉ怒らせるんよ。おかげでそうなってもうたら数日ごっつ暮らしにくくなんねん」

どこの世界も母親は強い。まぁ、1度もララの母親を見た事は無いけど生きている事は分かってる。調理器具依頼のお礼を親方を通して聞いてるからな。

「じゃあまた来月ねー」

「はいよー」

異空間に保管しておけば時間の経過はあまり関係ない。なので毎月顔を出さなくてもいいかと言えばそうじゃない。

薬草園はフェルトが忘れっぽいってのもあるけど、あのクソ樹が魔力を欲しがるらしく、1度冬明けに顔を出した際は非常にやつれており、俺の登場を涙を流しながら喜んでたっけ。

それ以降は、冬でルッツが来ないとしても薬草園にキッチリ顔を出して魔力をくれてやってる。

親方の所は単純に計量スプーンみたいに需要の無い商品を作って大量の在庫を抱える羽目になったりするんで、商売がある月だけでいい。

◇◇◇

転移で領地に戻る。場所は念入りにカモフラージュしてある洞窟《どうくつ》の中で、そこから魔法で周囲を探索。人の気配が感じられないという事をしっかりと確認してから外に出る。

「あちゃー。もうルッツ到着してる」

「こんちはー。リンから呼んでるって聞いて来たよー」

お昼までまだちょっと時間があるんで、ついでとばかりに薬屋に顔を出すと、いつもアレザが居るはずのカウンターに、今日は真っ黒なローブを身にまとった魔女of魔女の格好をしたこの店の店主であるおばばが目を閉じてじっとしてた。

「……なにしてんだい。随分遅かったじゃないか」

ギロリと睨《にら》んでくる。まぁ、朝にリンの伝言が来て今は昼前だ。さすがにそう言われるのも仕方ない。

「そろそろ商人が来るから、薬草とかの仕入れに行ってたんだよ」

「なんだって！　もう薬草採りに行ったのかい！」

おばばの突然の怒声にはさすがにびっくりしたな。店の奥の方からもアレザがなんだなんだと言わんばかりに飛び出してきたし。

「いきなり大声なんか出してどうしたのよ師匠」

「聞きな馬鹿弟子！　この馬鹿は、こっちが調薬の時間を割いて待ってたってのに、先に薬草を採りに行ったってんだよ。これが怒鳴らずにいられるかい！」

「あー。リック様本当なの？」

「そうだよ。一応外に採ってきた薬草があるから持ってくるね」

と言って一旦《いったん》店を出て、土魔法で作った籠《かご》に、周囲から見えないように亜空間内の薬草をドバドバ吐き出してもう1度店内へ。

「はいこれ」

とりあえずいつものように薬草を渡すと、おばばは仏頂面ながらもそれを受け取る。アレザが奥に行ってまた2人きりだけど特に気まずいという気持ちは無い。だって悪い事した訳じゃないからねー。

「で？　なんだって先に寄らなかったんだい」

「ルッツがすぐそこまで来てるのが分かったから」

俺が聞いてたのは、アレザが呼んでるって事だけだったんで、普通に考えれば糖衣についての話だろうと思うのは仕方ないだろう。

追加注文があると分かってれば、さすがの俺だってこっちを優先させてたさ。じゃないとわざわざ2回も転移するなんてぐーたらに反するような真似をする訳無いじゃないか。

「そうかい。じゃあ次からはこっちに寄ってからにするんだね」

「覚えてたらね。それよりも糖衣はどうだった？」

ちゃんと記憶しておく努力はするつもりだけど、誰にだって出来る事と出来ない事がある。それに、ここに来た目的はあくまでこれの調査結果を聞くためだ。おばばには悪いけど、今はルッツも来てて昼飯の時間が迫ってる。ぐちぐち文句を聞いてられるほどの余裕が無い。

「あれは糖衣というのかい？　まぁ、悪くはないよ。ウチに置いてある大体の薬に使えるから、大人で薬も飲めない馬鹿共にも需要はあるだろうさ」

「本当？」

「だがここまでする必要はあるのかい？　言っちゃあなんだが、苦かろうが首根っこ掴《つか》んで無理やり飲ませりゃいいだろう」

おばばはかなりの過激派。薬を嫌がる子供だろうと、薬を飲み忘れる大人連中であろうと容赦なく口の中に押し込む。正直、シワシワの婆さんって見た目からは想像も出来ないほどパワフルで、村の子供には相当嫌われてる。こうして普通に話をするのは平気で薬を飲む俺くらいだろう。

だからなのかな？　糖衣にする事の意味を分かってないみたいだ。

「ふっふっふ。おばばは甘いね。何も村に居る連中に飲ませるためだけにこれを開発したんじゃないよ」

「じゃあ何のためだってんだい？」

「村の外に売るためだよ。おばばもいつも言ってるでしょ？　イイ薬は苦いって」

「当たり前だろう。薬効以外の邪魔な物を一切を省いた結果さね」

おばばの薬はよく効く。もちろんそれに使われる薬草の質がいいってのもあるんだけど、その腕前も相当なものらしく、いつもルッツがここを訪れた際に薬品を購入していくくらいだからな。王都でもバカ売れなんだろう。

どんな物であれ、薬は基本的に苦い。薬効が高ければ高いほどその傾向にあり、貴族なんかだとそれに砂糖を混ぜて子供に飲ませてるらしいとルッツから耳にしている。だからこそ、甜菜があると聞いて実際に取り寄せてもらったんだ。

「そこで、これの出番だよ。王都に持ってってもらって、苦い薬も簡単かつそれを感じる事無く飲めると言って売れば、かなりの収入を得られると思わない？」

これであれば舌に触れる部分全てが砂糖だから苦いと感じる事も無い。デメリットとして呑《の》み込みにくい事が挙げられるけど、大人であれば問題無い。

「……確かにそうだろうけど、こいつは売れんさね」

「なんでさ。おばばも悪くはないって言ったじゃん」

「確かにそうさね。見たところ随分と小さく薬をひとまとめにしてある。じゃが、どうやってここまで小さく出来たのか言ってごらんよ」

「それは魔法で——あ」

「そう。ここまで小さくまとめ上げてなおかつ砂糖で覆い尽くすなんて芸当、魔法を使わないと不可能さね。それに時間が経《た》つと糖衣が溶けて固まってた時より飲みにくくなる。これは失敗作だよ」

「そっかぁ……」

自信はあったけどクリアしなくちゃならない問題があった。

飴《あめ》が溶けたのも問題だけど、1番の問題点が糖衣錠を作るには俺が働かなくちゃならんという点にある。真っ先にこれをクリアしないとぐーたら出来なくなってしまう。

とはいえそれを可能にするには設備も人手も技術も何もかもが足りない。

焦っても仕方ないな。

別に糖衣が無くたって死ぬわけじゃない。だったら他の事に気を回そう。そう気持ちを切り替えて、飴要る？　と聞いたら頷《うなず》いたから、おばばには鳥っぽい飴細工、アレザには普通のウサギのやつを渡して薬屋を後にした。

第5章

屋敷に向かう道中、村の中央広場を通る訳だけど、そこには見覚えのない武装した男女。そのそばには馬車が3台停まり、それらを取り囲むように多くの村人が押し寄せている。

「ちょっとあんた。早くしとくれよ」

「そうだよ。こちとら3カ月も待ったんだからね」

「も、もう少々お待ちください」

ほのかに物々しいオーラを纏《まと》ったおば——じゃなくてお姉さん方が今か今かと待っているのは、いわゆる露店だ。

ここで村人は、食料を除いた様々な物を購入する訳だけど、もちろん全員が満足するだけの物資を積んでる訳じゃない。何せ最重要なのは食料だからね。

村の全員がひと月飢えないだけの食料を積んだその隙間に、服や布、本など様々な雑貨を詰め込んでるので、量自体は多くない。

だからこそ、皆が真に求める物を手に入れるためにこうして少し殺伐とした雰囲気になってて、準備してるルッツの店の従業員もビクビクしながら商品を並べてる。

一応礼儀正しく待ってるんだけど、当然例外も出てくる訳で——

「おいテメェ。今オラの前に割り込もうとしただろ」

「何言ってるだ。お前さの方がおらを押しのけようとしたんでねぇか」

「ふっざけた事言ってんでねぇぞ！」

こんな風に時々争いが起こる。言い争いで留《とど》まってれば特段介入するつもりはないけど、こうなるって事前に説明されてたんだろうね。1人の護衛だろう男が2人の間に割って入る。

「はいはいそこまで。これ以上ここで暴れるってんなら、おれっちが相手になってやるけどどうする？」

にこやかに話しかけてるけど、一応農作業である意味鍛えられてる農家2人を軽く引き剥《は》がしたところを見るに、確信は無いけどなかなか強いんだと思う。

「い、いんや大丈夫ですだ。ちっとばかし気が立ってたもんで……」

「そうですだよ。おらも母ちゃんに頼まれたモンを買わなくちゃいけねくてちと焦ってただけですだから」

「そうかそうか。だったら大人しく待ってるんだぞ？」

最後に2人の肩をポンポンと叩《たた》き、男は仲間だろう2人の下へと戻り、談笑を始めた。

武装してる全員の頭の上に獣耳《ケモミミ》がある——つまり獣人だ。1人は体格のいい男で、金属製の鎧《よろい》に背負うほどデカい盾を見る限りはタンクなんだろう。きりっとした眉《まゆ》に険しい顔立ちは随分と融通が利かなそうだ。

もう1人はさっきの喧嘩《けんか》に割って入った男。随分と身軽だな。身に着けてるのは革の胸当てに武器だろうか、金属製の手甲・具足。おそらく格闘スタイルの戦闘をするんだろう。顔立ちはイケメンの部類だけどそこそこ軽薄そうな奴《やつ》だな。所謂《いわゆる》チャラ男っぽい。

最後のは少女。フード付きで灰色のローブと真っ赤な水晶がついた木の杖《つえ》を手にぼーっと空を見上げてる。魔力量は多いみたいだけど、今まで来た冒険者の中じゃあ3番目くらいかな。とはいえ若いんだしまだまだ伸びしろはあるっぽいから将来有望ってところかな。

なんて事を考えながら広場を抜けて屋敷に行く前にちょっと寄り道。


「ここら辺でいいかな」

村に馬車が来てるって事は、間違いなく屋敷にも来てるって事だ。そうなるとすぐにでも薬草と調理器具を渡さなくちゃいけないんで、亜空間からフェルトの薬草が入った籠と親方謹製の調理器具を取り出し、今まで乗ってた土板に荷台をつけ足してそこに積み込めば準備完了。

「お？　どうやら順調に儲《もう》けが出てるようだな」

準備を終えて屋敷に戻ってみると、冬前は村に3台、屋敷に2台という荷馬車のフォーメーションだったが、今回1台増えているじゃあないか。

ここに来た当初は幌《ほろ》もない荷馬車1台で、商品も村人全員に行き渡るような量じゃなかったし、こっちも積まれた商品を全部買えるだけの余裕は無かったと聞いてる。

それからしばらくして俺が生まれ、魔法を使えるようになってすぐに畑の麦へと栄養を与え、フェルトに薬草を育ててもらい、親方に調理器具を仕立ててもらいとしているうちに十分な儲けを出せるようになっていったようだ。ルッツが引き連れてくる馬車も2台3台と増えていき、今に至る。

「ただいまー」

「あらーおかえりなさーい。ルッツ君が来てるから応接室に向かってねー」

「分かってまーす。ご飯は後で食べて大丈夫だよね？」

「あまり遅くなっちゃ駄目よー」

冬明け最初の行商だ。これによって来月までの食料事情が変わってくるんで、エレナもこの時ばかりは食事を後回しにしても許してくれる。と言ってもあんまり時間をかけすぎると怒られるんで、手早くかつしっかりと交渉を済ませないといけない。

「お待たせー。ご飯早く食べちゃいたいからさっさと済ませようか」

ノックもせずに部屋に入ると、先に居たヴォルフが若干眉間《みけん》にしわを寄せたが、エレナが待ってると知れば怒られる事は無い。客を待たせるのは失礼だし、何よりエレナを待たせる方が怖いんだから。

「お久しぶりヨ。リック様も息災ネ？」

拳《こぶし》を胸の前で合わせて会釈をするのがヴォルフとエレナの知り合いであるルッツ。黒髪糸目の笑みを絶やさない何とも胡散臭《うさんくさ》い男だが、これでも俺の要求には結構応えてくれるやり手の商人という事で一定の信頼を置いている。

「当然でしょ。そっちも順調に儲けてるみたいで助かるよ」

「当然ヨ。リック様の売ってくれる物は品質とても良い。売れない訳ないネ」

「そりゃあ良かった。今回は実験が上手《うま》くいったから一つ良い物を提供するよ」

そう前置いて取り出したのは、ルッツに売るために取っておいた真っ白な砂糖と水飴《みずあめ》。そして数枚の羊皮紙。

「これは何ネ」

「砂糖だよ。それと作り方を書いた羊皮紙だね」

「「砂糖⁉」」

俺の説明に2人が食い入るように壺《つぼ》の中を覗《のぞ》き込《こ》む。あぁ……そういえばヴォルフに話してなかったんだっけ？　まぁいいや。

「何て白さだ……これほどの物は王宮に招待された時ですら見た事が無いぞ？」

「作り方言ったネ？　一体どうやって作ったヨ！」

「前に買ったマズい野菜。あれで作ったんだよ」

普通はこういう場で新商品を紹介する際、基本的に入手場所やその手段は明かさない。

テンプレの大部分ではこういった世界に特許権なんて無いからね。バレたらそいつがアホだったと言われてハイおしまいとなるので、この世界において金になる物の情報漏洩《ろうえい》は自殺行為に等しい。

とはいえここはルッツ以外誰も来たがらない僻地《へきち》中の僻地。こんな場所にわざわざスパイを送り込むような馬鹿な貴族も居ない。なのであっさりルッツに手札を公開した。もちろんこれにも意味はある。

「さてルッツ。この情報と砂糖……いくらで買う？」

先にマズい野菜で作ったと情報を開示。これだけでルッツなら過去の帳簿でも調べればすぐに甜《てん》菜《さい》で作ったと分かるだろう。

となると、後はどうやって作ったか。そこに論点が向かう。なのでそれを記した羊皮紙も用意した上で提示する。この情報にいくら出す？　と。

俺の意図が伝わったのか、ルッツは伏し目になって顎《あご》に手をやって思考の海に飛び込んでいった。

こうなるとしばらく帰ってこないので、その間に目録に目を通す。

「お？　随分と食料を持ってきてくれたみたいだね」

「ああ。やはり冬明け一発目の行商だからな」

食料はもちろん大切だ。冬に入ってから日々わびしくなる食事に若干嫌気がさしてたからな。今日ばかりは豪勢な食卓になるだろうし、ヴォルフを始めとした大人連中も運び込まれた酒で今日は大いに盛り上がるだろう。それこそ翌日に酷《ひど》い二日酔いを残すほどに。

俺も生前は酒飲みだったんだが、今は10歳なんでもちろん飲めやしない。

「あんまり飲みすぎて母さんに叱られても知らないからね」

「そこは節度を守るに決まってるだろ」

「本当かなぁ？」

こんな辺境の辺鄙《へんぴ》な村での楽しみなんて酒くらいだからな。ルッツの荷物の10％くらいは酒。大部分がエールでわずかにワイン。一応テンプレの火酒ってのもあるらしいけどメチャ高なので購入なんて出来る訳がないし、エールとワインも当然全員が満足に飲める量じゃない。

だからこそ大抵の大人は今日だけはと羽目を外す。特に冬明けは酷い。明日は十中八九農作業が止まるし、執務も滞る。何せこうしてまともに商売が出来るようになってから、1度としてルッツが来た翌日にヴォルフの体調が良かった日なんて無いんだからな。

「……決めたヨ。金貨10枚でどうネ？」

思考の海から戻ってきたルッツが金額を提示。それにヴォルフは目ん玉が飛び出るんじゃないかってくらい驚いてる。何せ金貨10枚ってのはこの領地で暮らす村人を満足に生活させるために必要な金額半年分に相当する。

そんな大金をたかがソフトボール大の壺に入ったくらいの砂糖に支払うのかと思っているヴォルフが口を開く。

「こっちとしてはありがたいが、こんな量の砂糖にそんなに出して大丈夫か？」

「多分平気ヨ。どうネリック様」

「10ね。それでいいよ」

ルッツの提示金額に、こっちはさして考える事もせずに了承する。

「リック様が何も言わずにこっちの要求呑《の》むのは正直怖いネ」

「じゃあ要らない？」

「商人としてそれは無いヨ！　商売が成立した以上はもうこっちの物ネ」

「別にいいよ。その分キッチリ働いてくれれば文句は何も無いって」

「……これだけの品をどうやって誤魔化《ごまか》そうかネ」

そう。俺が提供してる商品はかなりの高品質。

薬草は森の賢者たるエルフ謹製。

調理器具は鍛冶《かじ》と火の神に愛されたドワーフ謹製。

俺自身には良い悪いはあんま分からんが、製作者達は胸を張っていい物だと断言するし、ルッツも売れ筋商品だと太鼓判を押すからいい物だと思う事にしてる。

当然、イイ物であれば周りの人間も欲しがる。特に楽して儲けたいクソが群がってくるのは明白。

なので、そういう面倒事から俺のぐーたらライフを守るために、駆け出し行商人から今は王都に店を構えるまでに成長したルッツに薬草と調理器具を安価で卸すのと引き換えに、入手場所がこの村であるという情報を可能な限り隠してもらってる。今回の砂糖の代金も言い値で納得したのはそのためだ。

「隠蔽《いんぺい》工作頑張ってね」

「分かってるヨ。じゃあヴォルフさん。サイン頼むネ」

「あ、ああ……分かった」

まずは砂糖の取引に関する契約書にサインしてもらう。

「はい。契約成立。じゃあこの砂糖と羊皮紙はもうルッツの物だよ」

魔法でルッツ側に寄せると、まるでかっさらうように手に取って、壺と羊皮紙を鞄《かばん》の奥へと大切にしまい込んだ。

「よし。それじゃあいつもの薬草と調理器具の検品お願いね」

「任せるネ」

話が終わればいつものように薬草と調理器具を渡す。俺の鑑定魔法で品質に問題がある物は事前に弾《はじ》いてはいるから、不良品が混じってる可能性は万に1つも無いので待ってる間はのんびりと出来る。

「しかし……こんな壺1つの砂糖で金貨10枚とはな」

ぼけーっと検品が終わるのを待ってると、まだ納得してないヴォルフがぼそりとつぶやき、それに俺とルッツが反応する。

「白い砂糖はとても貴重ヨ。ワタシも商売柄1度見た事あるけど、ここまでじゃなかったのに値段が金貨50枚もしてて驚いた記憶があるヨ」

「ちょっと待て。それだけ価値のある物をお前はたったの10枚で購入したというのは一体どういうつもりだ？」

まぁ怒るのも当然だよね。金貨50枚以上の価値のある白い砂糖。それをたったの10枚で取引したと聞けば真っ先に買い叩きって言葉が頭に浮かぶだろう。

でもその差額を俺という存在を隠してもらうための費用と考えられる訳だ。

「父さん。差額にはここで砂糖が――それもこれだけ白いのが取れるって情報を隠すためのものなんだよ」

「そうは言っても40枚だぞ？　それだけあればもっと多くの食料に雑貨・日用品、もちろん酒だって大量に買い付ける事が出来るじゃないか。なのに砂糖を隠す事に使うというのか？」

やっぱり納得しないかー。しかしルッツもルッツだ。こういう時の事を考えて最初は砂糖の値段をもう少し王都の相場より低く言ってほしかったな。おかげでヴォルフに事細かく説明しなくちゃいけなくなったじゃん。

とりあえず話を切り出すか。

「簡潔に言うよ。父さんは金貨40枚で、国中の貴族を相手にして、なんて依頼があったら受けたりする？」

「する訳ないだろ。そんな依頼、金貨1000枚だろうと受ける馬鹿はいない」

「少し大げさかもしれないけど、差額の金貨40枚はそれくらい意味のあるものなんだよ」

白い砂糖にはそれくらい価値がある。

何も考えずにひとたび市場に出せば、大抵の貴族が何かしらの反応をするのは確実で、次に各貴族から調査員がルッツの店に派遣され、持っている情報を根こそぎ調べ上げられてすぐにここを嗅《か》ぎつけられるだろう。そうなれば、面倒事が毎日やって来るようになる。

最終的には、適当に理由をでっち上げて強制捜査だの、闇ギルド——あるかどうか知らないけど、そういった闇稼業の連中を雇って来るかもしんない。

もちろんこれは最悪の場合なんでこの結末にならないかもしれないけど、常に最悪の事態は考えておくべきだと思う。そんな事を滔々《とうとう》と説明してみたのに反応が薄い。

「たかが砂糖でそこまで考えるリックの想像力の方が恐ろしいんだが？」

挙句、それらを妄想と言ってしまう始末。忘れたみたいなんで思い出させるしかないか。

「父さんさぁ……忘れてない？　自分がどうしてここに居るのかを」

「……」

奇襲や夜討ちなどで数々の敵を打ち倒した救国の英雄ヴォルフ――これが、護衛としてやって来る冒険者や村の子供達にも知られてるくらいには広まってる一般的な評判だ。でも、エレナから聞いた真実は全く違う。

そもそも滅亡待ったなしの王国。裏切りが跋扈《ばっこ》して兵数なんて当然少数。ならばとれる策は奇襲・夜襲くらいだろうと想像するのは敵側からしてもそう難しくない。

でも、ヴォルフは真正面から敵を討ちに討ちまくったんだとか。それも千を超える敵将や魔法使いが被害にあった事で、帝国では『ヴォルフ』という名は忌み嫌われて子に名付けなくなったんだとか。

じゃあなんでそうなったのか。理由は単純。本当の英雄にしたくなかったんだろう。

いくら英雄とはいえ、奇襲・夜討ちは卑怯《ひきょう》の部類に入る。だからクソ共に都合がいいようにそう改ざんされてる。本当にムカつく。

「現状を見て理解出来ない？　国を救った英雄に対して、地面に額をこすりつけて千の感謝を述べるんじゃなく、己の汚点を隠す事と利権を取り戻す事を選択したゴミ貴族共が、同じような事をしない訳がなくない？」

この利権は非常に莫大《ばくだい》な富が約束されている。何せ砂糖は消耗品なうえに常時品薄なんだから、ともすれば貴族間のパワーバランスすら壊しかねない。

それを手に入れるためであれば、どんな手でも使う奴《やつ》も居るだろう。だから金をかけて徹底的に俺という存在を隠してもらう訳だ。

俺のそんな考えに対し、ヴォルフは神妙な面持ちをする。

「ルッツ……アレと同じ事が起こると、お前も思うのか？」

「あそこまでのはない思うヨ。でも、かなりの事が起きるはずネ」

どうやらルッツはヴォルフがここに来る事になった事情を知ってるらしい。

一体どんな事が起こったのか全く知らないけど、真剣な表情の2人を見るに、かなりの事件が起きたんだろうね。そう考えるだけで胸糞《むなくそ》が悪くなる。

「……任せて大丈夫なんだな？」

「心配いらないネ。今までワタシ以外誰か来た事あったネ？」

「……確かになかったな。なら信じる事にしよう」

とりあえず金貨40枚の件は納得してくれるらしい。まったく……迂闊《うかつ》な一言からここまでシリアスな展開になるなんてマジで面倒臭かったなー。

「しかし理解出来んな。父さんだったらこんな高値で砂糖など買わんぞ？」

「普通の人はそうだよ。でも貴族は普通じゃない。なにせしっぽ巻いて逃げようとしてたくせに、そんなの知らん顔でのうのうと元の役職に居座ってんでしょ？　面の皮が厚すぎて怒りを通り越して笑えてくるでしょ」

笑いながらそう言ってのけると、殺伐とした空気が若干だけど和らいだ気がする。さすがにちょっと言いすぎたかなと思わなくもないけど、少しくらいは危機感を持ってほしいが故《ゆえ》の暴走として許してほしいね。

「なるほどな。そう言われると腑《ふ》に落ちる」

「って訳なんで、この事は父さんの胸の中にだけ留《とど》めておいてね」

この話がエレナだのアリアだのにも伝わったらまた面倒臭い事になるからね。そのたびにいちいち説明なんてしたくないから、金貨10枚で売れたというところ以外は3人の秘密。

「しかし……白いというだけでそこまでするのか……理解に苦しむな」

「誰でも理解出来ない事の1つや2つあるものだよ。父さんに分かりやすく伝えるんであれば……そこいらにある剣をドワーフに装飾してもらって高値で売るってのが同じ感じになるかな？」

この世界でも、当然のようにドワーフは鍛冶師として有名だ。

なので、当たり前だけど武具に『ドワーフ作』という謳《うた》い文句《もんく》があるだけで価値がぐんと跳ね上がる。きっとルッツに渡した調理器具も、実はドワーフに作ってもらってんだよ、と宣伝すれば今の数倍の値段で売れるようになるけどもちろん黙ってる。

そんなドワーフによって手が加えられているというのは確かに凄《すご》い事だろうけど、打った訳でも研いだ訳でもなく細工を施しただけ。切れ味なんて何も変わってないどころか、むしろ耐久性が落ちてる可能性も考えられる。

でも、ドワーフの手が加わってるから、価値だけは高い。白い砂糖はさながらそんな感じだろう。

砂糖を剣とすると、色ってのは細工の度合いと捉《とら》えられる訳で、甘いという価値は性能に置き換えられるとすると、多分しっくりくるんじゃないかな？

「ちょっと待て。リックの説明だと、馬鹿な貴族共はそんな細工のために普通の剣に大金を出すって事なのか？」

「もちろん。だってドワーフの手が加わってるんだよ？」

「いや詐欺じゃないのか⁉」

「それが価値観の違いヨ。ヴォルフさんは白い砂糖に金貨50枚は詐欺だと言っても、他の人からすればむしろ安いと喜んで買ってくれるネ」

「考えられんな。オレだったら絶対買わんぞ」

「考え方は人それぞれだからね。父さんみたいに砂糖が高いと思う人が居れば、逆に俺みたいにドワーフの武器が高額なのは詐欺だろと思ってる奴も居るからねー」

親方の居る里では、それこそ1つでうちの領地が1年食っていけるくらい超高額の武具がちらほらあった。

それを初めて見た時はマジで高すぎんだろ！　って声に出しちゃったもんなー。おかげで複数のドワーフから説明という名の説教を強制受講させられた苦い記憶があります。

そんな武具の価値をあんま分かってない俺からの説明に、ヴォルフが若干ムッとした表情に。

「無駄に高い訳じゃない。彼らの作る武具はとても頑丈で切れ味も鋭く手にしっくりと来るまさに自分のためだけに作られたんじゃないかと思うほどの素晴らしい出来なんだ。その技術力に応じて値段が高くなるのは仕方のない事だ」

「これだってここまで白くするのに結構な技術が要るし、相応の時間も必要とする。要は技術料だよ」

「むぅ……。しかし剣と砂糖を一緒にするのはどうなんだ？」

「買う人種が違うだけヨ。ドワーフの剣はヴォルフさんみたいな武を尊ぶ貴族に高値で売れるネ。砂糖は見栄《みえ》っ張《ば》りの欲の皮が突っ張った貴族のところに持って行けば金貨50と言わずに100枚以上で売る自信あるネ」

悪くない値段だな。何せ砂糖は、この大陸では暖かい南方でもごく一部の地域でしか育たないサトウキビみたいな植物からしか製造出来ないせいで、生産量が少なく滅茶苦茶貴重だが、精製技術が低いから黒みがかってて砂糖というより石糖と言いたいくらいだ。

そんな砂糖の常識を打ち破るかのような真っ白なこれは、ひとたび話題になれば盛り上がる事間違いないし、上位貴族に献上でもすれば太いパイプを作る事が出来るだろう。

「それはさすがに言いすぎじゃないのか？」

「俺は妥当だと思うよ？　現時点でこの世にたった1つかもしれない白い砂糖。父さんだって、一流のドワーフが打ったアダマンタイトを使った武具が金貨100枚で買えますよって言われれば欲しくなるでしょ？」

「そりゃあそうだろう。しかし……こんな白いだけの砂糖がドワーフが打ったアダマンタイトの剣と同価値だと？」

「少なくとも、買おうと思ってる貴族にはそう見えるんだよ」

物の価値なんて人それぞれだ。

ヴォルフのように武具の類いに目を輝かせる人間も居れば、人の魔力を際限なく吸おうとしてくる馬鹿樹を崇《あが》め奉るエルフも居る。

要は欲しいと思ってる相手に売る事。儲《もう》けを出すにはこれに限る。

「売れるのか？」

「伝手《つて》は一応あるネ。アークスタ伯爵に売ってみよう思うヨ」

「……あの女傑が砂糖を買うだと？　冗談だろ」

ヴォルフがビックリするなんて珍しいね。それも嫌悪感が混じってない純粋な驚きってなると、比較的まともな貴族なんだろう。

「知ってるの？」

「ああ。かなり強いし頭も切れる厄介な相手だ。まかり間違っても肥え太って権力にしがみつくような有象無象《うぞうむぞう》とは訳が違う」

アークスタ伯爵は、女性でありながら東方の広大な穀倉地帯を領地に持つ大貴族であり、貴族社会でかなりの権力を有しているだけでなく、こと戦闘に関しても王国随一であるはずのヴォルフをして厄介と言わしめるほどの武闘派で、自分より弱き夫を娶《めと》るつもりはないと大々的に発言している御年30のこの世界では行き遅れと言われる年齢らしい。

その人物像を聞く限りだと、どう考えても利権に目がくらんで肥え太ったクソ貴族なんて言葉は裸足《はだし》で逃げ出す相手であると同時に、ルッツ程度の口撃力で無事に切り抜けられるのかが不安だなー。

「……因《ちな》みにだけど、その伯爵と過去にも取引はあるの？」

「さすがに直接の取引はないヨ。けど、最近は執事長が応対してくれるネ」

王都に店を構えてるといっても、まだルッツは中商会くらいだからな。伯爵相手に直接交渉が出来るほどの商人とみなされてないみたいだけど、着々と信用を得始めてるらしい。

「さて、確認終わったネ。3カ月分全部で金貨8枚と銀貨5枚から商品代金を引いたら、残りは金貨1枚に銀貨6枚といったところだけど問題ないネ？」

「なんかいつもより少なくない？」

「当然ヨ。いつもより鍋《なべ》の数少ないネ」

……あの親方と居るかどうかも分からん精霊のせいだ。他の事だったら何とか誤魔化《ごまか》せなくもないけど、やっぱり数が少ないってのはどうしようもないよなー。今度行った時に何かしら補填《ほてん》してもらわないとな。

とはいえ、試作のミスリル製フライパンを売るつもりはない。大儲《おおもう》けよりぐーたらを選ぶ。それが俺の生き方よ。

「さすがに仕方ないか。それで交渉成立って事で、今回は少ないから全額兄さんに送っておいて。後は母さんと父さんのお仕事なんで、俺は飯食ってくるから」

「仕分けはしてもらえないネ？」

「ご飯を食べないと母さんに怒られるのくらい知ってるだろ？　それに、別に2、3日居るんだから問題ないでしょ」

ここまで運ばれてくる物で、今すぐ倉庫に入れておかないといけない物なんて基本的に無いからな。

「そんな事よりだよ。別に誰に売ってもいいんだけど、父さんがそこまで言う相手なら言動にはちゃんと気を付けてね。そんな面倒な相手に目を付けられるような事になったら、分かってるだろ？」

ヴォルフの話を聞く限り、伯爵はかなりの辣腕《らつわん》。そんな相手にちょっと前まで商店すら持ってなかった細腕行商人が、果たして俺という存在を隠し通せるのかな？　って疑問が脳裏をよぎる。

「任せるネ。命に代えても秘密は守るヨ」

「まぁ、出来なかったら差額をキッチリ払ってもらうし、相応の罰は受けてもらうからそのつもりでね。じゃあ、俺はそろそろご飯食べないと母さんに怒られるから行くね」

とりあえず釘《くぎ》を刺してはおいたけど、不安だなぁ……。

話を聞く限り、伯爵はものすごく面倒臭そうな人っぽい。安心なのは直接会話をしないで済みそうなところだ。

執事長ってのがどの程度やり手か知らないけど、なにがなんでも俺という存在は濁してほしい。そう願いながら部屋を後にする。

「かあさーん。終わったよー」

「お疲れ様ー。少し長かったわねー」

「色々あってね。いただきまーす」

席に着くと同時にご飯が出てくる。いつも通りのメニューだけど、夕飯からは多少なりとも豪華になる。今からちょっとだけ楽しみだ。

「砂糖はどうだったかしらー？」

「何と金貨10枚で売れました」

「随分と高値なのねー。今月は沢山の食べ物が買えそうだわー」

「それもいいんだけどさー。村の皆のためにちょっと大きな事をやりたいんだけど、聞いてもらっていいかな？」

「構わないわよー。なにかしらー？」

「いつもやってる露店あるでしょ？　今回は趣向を変えてお祭りっぽくして、皆で気兼ねなく飲み食いしてもらおうかなーって考えてるんだ」

思いついたのはついさっきだ。

特に気にも留めてなかったとはいえ、少ない商品を購入するために到着と同時くらいに広場の露店に集まり、行列というよりは黒山の人だかりって感じだったから、少ない商品をめぐって割り込んだ割り込んでないなんて争いが起きた。

じゃあ大量に商品があればそんな事は起こらないんじゃね？　という至極単純な思考回路からの

回答がそれだった。

丁度良く大金も手に入ったしな。たまにはお祭りみたいにパーッと使って村人がここから出て行かないようにしないとぐーたらライフが遠のくばかりだ。

「あらー。それはいいわねー。それならいくらぐらい使うのかしらー?」

「うーん……金貨5枚くらい?」

ウチは月金貨3枚ちょっとの収入だから、5枚もあれば十分すぎるくらい食料を買えるし、酒もいいかもな。こっそりワインとかパクってワインビネガーとか作るのもいいんじゃないか? まぁ、作り方分かんないけど放っておいたらいいって聞いた事もあるし、試してみるのも悪くない。

「どうせなら8枚くらい使ってもいいんじゃないかしらー?」

「随分太っ腹だけど、いいの?」

こっちとしては多ければ多いほど規模を大きく出来るんでありがたい。

あ。そうなると村人にアンケートを取らんといけないな。

万が一にでも欲しくない物を出したりしたら、それこそ「ここの領主は領民の事をなんも分かってないクソ野郎だから出て行こうぜ!」なんて出奔されても困る。俺のぐーたらライフが詰んでしまうからね。

「構わないわよー。こういう時じゃないとー、こんな事出来ないものー」

「じゃあお言葉に甘えようかな」

「その代わりー、楽しいお祭りにするのよー」

「……努力はするよ」

楽しくなけりゃ祭りじゃない。となると、やっぱ日頃食えないような美味《うま》い物だったり。制限なく酒を飲んだり。楽しい音楽を聴いたり踊ったり。

……基本方針はこれで、後は村人に聞いて取捨選択するか。

「ところで母さんは、今回のお祭りをするに際してなんか欲しい物とかある？」

「お菓子以外今のところは大丈夫よー」

エレナに聞いた俺が馬鹿だったな。時間もあんま無いし、さっさと飯食って村まで聞きにいかないと——ってその前に荷物の確認をしなくちゃなんないんだったな。やれやれ……ぐーたらしたいけど、善《よ》し悪《あ》しを正確に把握出来るのは鑑定魔法が使える俺だけだからな。傷んでるのとか質が悪いのとかは容赦なく返品だ。

「ご馳走様《ちそうさま》。それじゃー荷物の確認してくるねー」

「お願いねー」

しばらく訪れないだろういつも通りのわびしい食事を終えて玄関に急ぐ。

そこではすでに馬車から荷下ろしがされていて、首輪の付いた従業員——まぁ奴隷だわな、彼らが黙々と仕事に励んでる。

この世界も例に漏れずに奴隷制度がちゃんとある。大きく分けりゃあイエス犯罪かノー犯罪か。

ルッツが雇ってるのは全部ノー犯罪の一般奴隷。大体が税が払えなくなった農民だけど、中にはやらかした冒険者なんかも居るらしい。この場にも1人だけ居る。

「お待たせー。お仕事ご苦労さん」

「これはこれはリック様。今回もお手柔らかにお願いしますよ」

挨拶《あいさつ》に反応したのは長い付き合いのレイという奴隷。奴隷でありながらルッツの店では重要なポストに居るとかで、昔からの知り合いだ。コイツが元冒険者で、銀級って全体の３割にも満たないくらい優秀なランクだったそうだ。

なんでも大掛かりな依頼を失敗したらしく、それによって多額の罰金が発生。装備だのアイテムだのを吐き出すだけ吐き出しても支払いきれずに奴隷となってルッツに買われたんだとか。

こういう話を聞くと、やっぱり冒険者ってのは俺には向いてないと再認識するよ。苦労して依頼を達成してもちょっとのミスや不確定要素の乱入で、レイみたいにあっという間に奴隷落ちしてしまう可能性がある。

こんなギャンブル性の高い仕事を選ぶなんて、アリアもどうかしてるよと思う一方で、そういう冒険者の話を聞くのは好きなんだよねー。

「それはルッツの目利き次第だね」

あいつがいい商品だけを選んで持ってきてくれれば、いちいちこんな事をする必要は無いんだけど、長年商売人として培った経験や目利きがあっても、やっぱ魔法にはかなわん訳よ。こうしてわざわざ俺が出張《でば》ってきてるのがいい証拠。

「新興商会ですので、その辺りは多少目を瞑《つぶ》っていただけると幸いです」

「今日は臨時収入があったから少しだけ甘くするよ。広場の方のは……まだ来てないみたいだね」

ここの馬車も事前に隙間に詰めてあった雑貨を降ろしてからここに来てるんだけど、ルッツやヴォルフと砂糖の件のやり取りをし、のんびりゆったり飯を食ってから来たっていうのに、馬車がまだ追加で1台しか来てないじゃないか。

「そうですね……何かあったのでしょうか？」

露店の事で騒ぎになりかけて、護衛の冒険者達が仲裁してたけど、また似たような事が起きたのかなーと思っておこう。万が一大事《おおごと》になったら村の誰かがヴォルフなりエレナなりを呼びに来るだろうし。

「まぁ、待ってりゃ来るだろうから始めっか」

「まずは何からにしましょう」

「野菜からいっちゃおうか」

そう前置いてから魔法で木箱を引っ張り出して蓋《ふた》を開ける。中には乾燥させた野菜が隙間なく詰め込まれているので、それを片っ端から鑑定魔法で調べてゆく。

こういう時に魔法は便利だなぁと思う半面、仕事を押し付けられるんで厄介だなぁとも思う。

「……今回の野菜は今までよりちょっとだけ質が良い物ばかりだね」

「近頃手に入れました新しい奴隷が野菜の目利きに長《た》けておりましてね。そのおかげかと」

「また増えたんだ。儲けてるんだね」

「それはリック様が多くの高品質な商品を卸してくださるおかげです」

「いい物を沢山売らないと全員が飢え死にするからね。これは大丈夫。こっちも大丈夫。こっちは

――これとこれとこれは要らない。野菜はこんなもんかね」

「かしこまりました。では倉庫へ運ばせましょう」

レイの指示で俺がＯＫを出した食材の入った木箱が次々運ばれてゆく。そうして30分ほどかけて食材の善し悪しを調べ終わった結果、持ち込まれた内の７割ほどが倉庫の中へと吸い込まれた。それだけあれば減った分が補えただろう。

「次は塩です」

「あいよ」

目の前にある麻袋を開けて鑑定――

「ありゃりゃ。これは駄目だね。買い取るに値しないよ」

「ええっ⁉　そ、そうなのですか？」

「この袋、３割が白い砂だよ。見た目も手触りも塩っぽいが全くの偽物。よくもまぁこんなのを用意出来たな。ルッツはちゃんと確認とかしなかったわけ？」

奥の方から中身を取り出してペロッと舐《な》めてみるとほんのりしょっぱい。

だが本物と比べると圧倒的に塩味が劣るし、何よりずーっとジャリジャリしたのが残り続ける。本当によくこんなバッタモンを見つけてきたもんだ。

幸い全部がインチキ商品だった訳じゃない。総量の２割くらいとはいえ、こいつは差額の返金は当然だとして、ちょっと信用を無くすなぁ。

塩は必需品だから、いざという時のために少し多めに買ってるから無くなる事は無いけど、いくら何でもこんな物を出されるってなるとちょっとだけ馬鹿にされてんのかなって気持ちになるな。

「申し訳ございません。担当の者が確認したはずなのですが……」

「まぁ、担当じゃないレイに怒っても仕方ないけどさ。こんなのに引っかかるなんてまだまだだねって言っておいてね」

ジロリとレイに目を向けると、特に何かした訳じゃないのに目に見えて狼狽《うろた》え始める。これで元銀級とか言われても信用出来ないんだよなー。こっちは中身はおっさんだけど見た目は10歳のガキだぞ？

「もちろん分かっております。レムルス、これはどこの商会から購入した物かすぐに調べるんだ。我が商会の未来がかかっている」

「わ、分かりました！」

すぐにと指示をされた従業員は、大量の羊皮紙をパラパラめくるとすぐに見つけたようだけど、不思議そうに首をひねってる。

「どうした？　見つかったんじゃないのか」

「それが……あるにはあったのですが、リック様が指摘された商品全てが、アルクス商会の物と書いてありまして」

「なんだと？　あそことはすでに取引を中止してるはず。何かの間違いじゃないのか？」

「いえ。きちんと商会印もアルクス商会の物に間違いありません」

そう言って羊皮紙の束をレイも確認すると、柔和な表情が見る見るうちに苦虫《にがむし》を噛《か》み潰《つぶ》したように歪《ゆが》んでいく。

「この件は帰り次第調査する。リック様。申し訳ないのですが、此度《こたび》の件はこの場で結論を出すのが困難ですので、後日の報告という形でよろしいでしょうか？」

「別にいいけど、俺が納得する報告を期待してるね」

塩は、人が生きるのに大切な物ランキングで滅茶苦茶上位に位置する調味料。これを、手違いで粗悪品を掴《つか》まされましたごめんなさい。じゃあ誰も納得しない。その証拠を押さえ、相応の罰を与えました、くらいは聞かせてほしいね。

「お任せください。ルッツ商会の名に懸けて、リック様にまがい物が混じった商品を販売した罪を償わせますので」

「次から気を付けてね」

とりあえず塩問題に関してはこれでいいだろ。本当はもっと強く追及しようかなーとも思ったけど、あんまり詰めすぎて嫌な空気になるのも嫌だしね。

「よし。じゃあ気持ちを切り替えて、次の荷物の確認しよっか」

そうして次々荷物に鑑定魔法をかけては良い悪いを仕分け、それを従業員が倉庫に持っていくって作業をしてると、ルッツが慌てた様子で駆け寄ってきて、その後ろには何故《なぜ》かヴォルフも居る。

「話聞いたネ！　その塩見せてほしいヨ！」

「そこにあるから勝手にどうぞ」

すでに塩と砂は選《よ》り分けてあるけど、こういう事を見越して1袋だけは元の状態のまま残しておいた。まぁ、それに使われてた塩もあんま質のいいもんじゃなかったけどな。

「……申し訳ないけど、これを持ち帰らせてもらっていいネ？」

ルッツの目が怒りに燃えている。多分だけどこんな事をしたアルクス商会をぶっ潰すつもりなんだろう。

「いいよ。なんだったら元に戻しておく？」

「そうしてもらえると助かるヨ」

こっちの信頼を取り戻すため、やる気満々のルッツに免じて砂と塩を均等に混ぜ込んで、もとより完璧《かんぺき》に近いインチキ商品へと仕立て上げた物を馬車の奥の方に押し込んでやった。

「ちゃんと報告書持ってきてね」

「任せてほしいヨ。リック様に喧嘩《けんか》売る愚行は絶対に許さないネ！」

やる気になってるねー。わずかとはいえ仕事をさせて、ぐーたらの邪魔をして俺の反感を買っていい事は無いってのを理解してくれてるみたいなのはいいんだけど、こういうミスが起きたのはその意識が従業員の１人１人に浸透してない証拠だから、その辺はもっとしっかり叩《たた》き込《こ》んでおいてほしいね。

「お前がこんな大きな失態をするのは久しぶりだな」

と言いながらヴォルフはあまり怒っていない。むしろ機嫌が良い部類に入るのは、きっと砂糖の臨時収入で酒の追加購入が決まったんだろう。

「まったくネ。帰ったら従業員のしつけ直しヨ」

そう言って肩をがっくり落としたルッツは、ヴォルフと一緒に屋敷に戻っていった。まだ話の続きがあるっぽい。

「さて……後は母さん任せかな」

大量の食材を鑑定し終え、残ってるのはパーティードレスであったり宝石の付いたアクセサリ類だったりなので特に鑑定の必要性は無い。

何故なら服に興味も無いし、この荒れ果てた土地でフリルだの金糸だのなんかを使った服はパーティーを開いたり呼ばれたりする事は未来永劫《みらいえいごう》無いだろうからクソの役にも立たないし、貴金属も同様の理由で買う理由が無い。

それを決定づけるように、俺も家族も普段から地味目の服を好んで着ているしね。

あとの事はエレナに任せる。欲しい服があれば買うだろうし、無ければそのまま馬車に戻るだけ。どうせ暇なんで、遅れてるレイ達の作業を手伝ってやる事に。

「いやはや。本当にリック様の魔力量には感服いたします」

「まぁ、多ければ多いほどぐーたら出来るからね」

「大の大人が2人がかりで持ち上げなければならないほどの重量を魔法で持ち上げるにはそれ相応の魔力を要すると聞いた事があります。護衛として雇った冒険者も、リック様ほど魔法を上手《うま》く使いこなしてはおりませんでしたので」

「あの広場に居た獣人の事？」

「ええ。最近実力を付けてきた3人で、『銀の尻尾《しっぽ》』というパーティー名で活動してるようです。つい1カ月ほど前に銅級へと昇格したらしく護衛を頼みました」

「……銅って強いの？」

俺の中で銅級ってのは弱い部類のイメージが強い。

テンプレだと最下級に近いランクって印象だが、この世界だと一人前として扱われるようになるランク帯らしく、採取だったり魔物討伐だけだった依頼の他にこうして商隊の護衛なんかの他人を守るという依頼を受けられるようになるんだとか。

そんな中でも銀の尻尾は若手有望株の実力者らしく、早いうちにパイプを繋《つな》いでおこうと、こうして依頼を出したら、相手も新興商会との顔繋ぎが出来るならと二つ返事で受けてくれたらしい。

「ふーん」

「興味無さそうですね」

「冒険譚を聞くのは好きだけど、人となりに関してはここに害をもたらさないならどうでもいいよ」

俺はこの地から生涯1歩も外に出ないでぐーたら過ごすと決めてるんだ。何が悲しくて仕事のために大陸中を歩き回り、ロクな施設の無い場所で野宿をし、失敗したら奴隷になっちまうほどの大金を払わされる危機を頭の片隅に置きながらせこせこ働かなくちゃならんのか。

貴族に生まれたからにゃ、やっぱぐーたらするのが1番よ。出来てないけど。

とはいえ、どこで何を倒しただの、他国のダンジョンまで遠征してレアアイテムを入手した、なんて話は娯楽が少ないこの世界では楽しみの1つだったのに、若手有望株冒険者ってなると、その辺の話は期待出来そうにないかな。

「はー終わった終わった」

中に氷をたっぷりと詰め込んだ倉庫に食料類の搬入完了。この世界において氷ってのは滅茶苦茶貴重らしいが、俺は魔法でいくらでも——は面倒なんでやんないけど作る事が出来るんで、ここにある倉庫ともう1つ。村にある倉庫にもちゃんと定期的に氷を放り込んだり食材を凍らせたりしている。

「お疲れ様です。魔力は大丈夫ですか？」

「ん？　別に何ともないけど」

魔法を覚えたての頃と違って十分な魔力量がある今となっては、魔力が無くなって気持ち悪くなったりって事は無くなった。随分と努力したもんなぁ……。

「そう……ですか。でしたら1度馬車へと戻りましょう。ようやくご注文いただいておりました本が手に入りましたのでご確認いただきたいのです」

「何の本？」

「魔道具の本です」

「……ああ！　すっかり忘れてたけどようやく手に入ったんだ」

実に長かった。苦節5年にしてようやく念願だった魔道具の作り方が分かるよ。

これで重機でも作る事が出来れば、村人1人当たりの作付面積なんてあっという間にデカくなって収穫量爆増とくれば収入は右肩上がり。

それに、魔道具が勝手に倉庫内の温度管理をやってくれるかもしれないなら冷蔵倉庫に出来るし。各家を冷暖房完備にする事が出来るようになれば、冷期だけじゃなくて熱期も快適に過ごす事が出来るようになって、領民総ぐーたらライフ一直線じゃないか。

なんて事に思いを馳《は》せながらウキウキ気分で馬車まで戻ってみると、そこには何故か俺に負けず劣らず興奮しまくってるアリアと、確か銅級の冒険者達が一緒に居るじゃあないか。凄《すご》く嫌な予感がする。

「あ！　リックも丁度いいからこの冒険者達から稽古《けいこ》をつけてもらいなさいよ！」

「嫌だよ面倒臭い」

「面倒臭いって何よ！　この3人は銅級の冒険者なのよ！　そんな人達と稽古が出来るって事がどれだけ凄い事か分かってんの⁉」

「俺は魔法使いだし。大抵の事は何とでもなるから。それに、いずれはグレッグが鍛えた領軍が守ってくれるから大丈夫だよ」

俺が目指すのは、この地でぐーたらする事。それ以外に欲しい物は特にないから、冒険者との訓練なんて面倒な事をやると思ってる方がどうかしてる。

この姉はいまだに俺の生態というものを欠片《かけら》も理解してくれないらしいと内心ため息をついてると、さっき村人の仲裁に入ったチャラ冒険者が俺の頭をポンポン叩く。

「元気の無いガキだなー。ちゃんと飯食って――痛ッ⁉　なにすんだアスカテメェ！」

俺の頭を叩くチャラ獣人のわき腹を、魔法使い獣人——アスカが杖《つえ》でかなり強烈に小突けばそりゃあ文句も出るわな。しかも尖《とが》ってる方だからめっちゃ痛いだろうなー。

「アリア様と親しい。多分弟のリック様」

「弟ぉ？　随分似てねーながっ⁉　痛《いて》ぇって兄貴……」

今度はタンク獣人。杖と違ってたっぷりと体重の乗った一撃が脳天に振り落とされて滅茶苦茶痛そうだ。どうやら見た目通り随分と口が軽い性格らしい。

「さすがに失礼だろうが馬鹿者！　申し訳ありませんリック様」

「別に気にしてないよ。似てないのは事実だけど特に興味ないし……痛ッ⁉　なに？」

「ん」

やっぱ貴族に対して血筋の話はタブーなんだなーとボケーッと考えてると、側頭部に衝撃が。痛みに頭を押さええるふりをしながらアリアに抗議の目を向けると、さも当然のように顎《あご》で練兵場について来いとアピールされた。つってもこっちはこっちでやる事があるからな。従うつもりはない。

「荷物についての話し合いが終わってないから無理」

「そんなの後でもいいじゃない」

「じゃあ姉さんの料理には、しばらく放っておいて腐ったかもしれない食材を使うけど大丈夫だよね？　自分で言ったんだから。お腹《なか》壊しておばばのにっがい薬飲みたいなんて思わなかったよー」

「……」

貧乏貴族の末息子ですが
鍛え上げた魔法で
「ほどほど」な幸せ目指します！
WEB発の才能がここに集う！ 四六判小説レーベル
カドカワBOOKS 3月の新刊
カドカワBOOKS 毎月10日発売！
第9回カクヨムWeb小説コンテスト
異世界ファンタジー部門
特別賞受賞作！
二度目の人生は「ぐーたらライフ」で。
～働きたくないので、今のうちに魔法で開拓しておきます～
著：開会パンダ　イラスト：桧野ひなこ
二度目の人生はぐーたら暮らしたい――そんな転生先が無く、気づいたらなーんにも無い辺境領主の子供になった元日本人のリック。神様から貰った力を駆使して、目立たずぐーたら暮らせる環境を作ろうと目論むが……？

前略、山暮らしを始めました。8

著:浅葱　イラスト:しの

イチゴ、シイタケ、筍。可愛い3羽のお誕生日を春の味覚でお祝いします!

４月になり、お花見やシイタケ祭りなど春ならではのイベントを満喫する佐野と３羽。春でニワトリたちを買って１周年。成長した(しすぎた)ニワトリたちの誕生日を祝うため、佐野たちが始めたのは筍掘りで――!?

デスマーチからはじまる異世界狂想曲　32

著:愛七ひろ　カバーイラスト：shri
口絵・本文イラスト：長浜めぐみ

招かれた鼬帝国で目の当たりにするのは、この世界の真実――!?

皇帝直々の招待を受け、今度は正式に鼬帝国を訪問することになったサトゥー達。神々の禁忌である科学技術で栄える帝都で、サトゥーは皇帝が見つけ出した天罰を回避する方法とその根拠を知らされることになり……？

毎月10日発売 3月刊行ラインナップ

無才無能のベールを脱ぎ捨てた稀代の天才魔法師
憤怒の鉄槌を下す!
漫画:昴カズサ
ガンガンONLINEでコミカライズ連載中!!

稀代の悪女、三度目の人生で【無才無能】を楽しむ4

著:嵐華子　イラスト:八美☆わん

年に一度の文化祭はラーメン屋台！　多くの王族や貴族が集まるなか、完全復活を目論む悪魔の謀略により楽しい文化祭が混乱と叫喚に包まれる。隠していた能力を解き放ち、ラビアンジェが本気の怒りを見せる——!?

ギロリと睨《にら》みつけてくるが、我が家で料理が出来るのは俺とエレナだけ。そして意見が通しやすい——まぁ選択肢が無い訳だけど、何とかなるのは俺だけなんで嫌いな食材を入れるなとよく脅してくる。無視してるけど。

「じゃあいいわよ」

「頑張ってねー」

どうやら、アリアといえど腐った食材は食べたくなかったらしい。まぁ、ちょっと考えればそんな食材を選ぶのをエレナが許すはずないだろうがって答えに行きつくはずなんだけど、そうならなかったって事は脳筋と言わざるを得ないな。


面倒な奴《やつ》を退け、ようやく魔道具の本があるらしい馬車の中に突入。

「これが、ご注文の魔道具製作に関する書物です」

「うわぁ……ってなんかボロくない？」

手渡された本は、重厚な装丁だけど端の方はボロボロ、表面は傷だらけで何故か一部焦げたりしてる。中身は……ざっと見た感じは大丈夫っぽいが、こんなオンボロを手に入れるためにフェルトの薬草や親方の調理器具を融通したっていうのはちょーっと釣り合わないんじゃないかなぁ？

「申し訳ないのですが、それが手に入る精一杯でございます」

「なんか理由でもあるの？」

「そうですね。単純に魔道具の子細を記した書物が手に入らないのです」

「でも魔道具って結構あるんだよね？」

「もちろんでございます。王都には魔道具を専門に扱う商店も数多くございますので」

魔道具の存在はヴォルフを始めとする大人達から十分すぎるくらいに確認をとってある。単純なのは野営で火を熾《おこ》すのに使われる物から始まり、大規模な物になれば城を守る結界を発生させる物まで多岐にわたるらしい。

とはいえ、この村には魔道具の燃料となる魔石がスライムとか使いモンにならなそうな物しか手に入らないし、魔道具自体もそこそこ高価なので村には1つも存在しない。

そんな魔道具だが、道具と知識があれば誰でも製作が可能であるってのを聞いて、俺の他に、村の誰かに作らせるのもいい、ぐーたらのためには金に糸目はつけんと、ルッツに魔道具を作るための本を探してきてと頼んで5年。ようやく念願だったそれが手に入った。いつまでも手に入らないからすっかり忘れてたよ。

「店を構えるほどの数を作るのにそれ相応の人数が必要だよね？　だったらこういった指南書を大量に生産してると思うんだけど、手に入らないってのはなんで？」

需要があるから供給が必要になり、それを満たすためにはどうしたってマンパワーが要る。じゃないと広く普及しないしね。

「買い取った相手から聞いた話ですと、その本は複製が非常に困難なのだそうです」

「なにそれ」

パッと見た感じ、表紙にそういった細工がされてる気配は無いし、別に魔力が宿ってる訳でもない。なのに作れないとはどういう事だ？

「あぁ……なるほどね」

「理由がお分かりで？」

「見れば分かるよ」

そう言ってレイに中身を見せると、あからさまに苦い顔をした。

なんて事は無い。この本の複製が難しいのはその内容が滅茶苦茶に細かいせいだ。

文字が占める割合は全体の１割くらいなので文字自体は大した事じゃない。

問題なのは魔道具の要なんだろう魔法陣だ。

最初のは着火の魔法陣。

次は流水の魔法陣といった具合に、簡単な説明と一緒に魔法陣が記されているだけのシンプルな内容なんだけど、その魔法陣がこれでもかってくらいに細かい文字と複雑な線で描かれてる。

確かにこれを間違う事なく複製するのは難しそうだ。逆に、一体どうやって複製するんだろう。魔法かな？

「よく手放してもらったね」

「なんでも目が悪くなったせいで魔法陣の確認が出来なくなったので、魔道具職人を引退するとの事で譲っていただきました」

「そりゃこんだけ細かければそうなるよねー」

さて、魔道具の本が手に入ったとあればやる事は１つ。製作だ。

第6章

早速製作だ！　と屋敷に戻ろうとしたけどふと足を止めてもう1度パラパラめくる。

魔法陣は精緻《せいち》だが、発動する内容は非常にシンプル。正直言って苦労と結果が全く釣り合わない。

「……ちなみに聞くんだけど、魔道具の本ってこれだけ？」

「いくつかあるらしいですが、リック様が手に入れられるのは恐らくそれだけです」

「他の人なら他の本も手に入れられるって事？」

「ええ。王都にある魔道具職人を養成する機関に籍を置けば手に入るそうですので、王都に足を運び、どの程度学べばよいのか分かりませんが——」

「それ以上の説明はいいよ。行く気は微塵《みじん》も無いから」

学校なんて面倒しかないような場所に行くくらいならこのオンボロでも十分だ。

見たところ随分と基本的な事しか書いてないっぽいが、手掛かりが0と1じゃあ絶対的な違いがあるし、これ以上の知識が欲しくなったら資金に余裕が出てくるだろう10年後、20年後に魔道具を買って分解すればいくらでも知る事が出来るだろう。

「ははは。相変わらず『ぐーたら』でしたかな？　がお好きなようですね。それだけの魔法の才があれば宮廷魔導師も夢ではないでしょうに」

「ぐーたらして生きる事は俺が生まれた意味そのものといってもいいくらい大切な事だから。特にこれ以上用事が無いんだったら早速魔道具作ってみたいんだけど大丈夫？」

「構いません。この後でしたらエレナ様にドレスや貴金属類をご覧いただく予定ですので」

「分かった。じゃあねー」


さっそうとレイと別れ、速攻で自室に飛び込み本を開く。

「まずは着火の魔道具から作ってみっか」

この本によると、魔法陣を刻むのは何でもいいみたいだが、さすがに火の魔道具を作るってのに木材を使うのはそれ自体が燃え尽きる未来しか見えないんで、こういう時のために周囲の山々からコツコツ集めていた鉄を亜空間から取り出す。

「えーっとなになに……」

魔法陣はある程度サイズの調整が可能みたいだけど、陣が歪《ゆが》んでたり記号が間違ってたりするとうんともすんとも言わないのか。暴発の危険は……この本を見る限りは大丈夫っぽいけど、一応部屋を結界魔法で覆って安全に配慮しておこう。

手始めに魔法陣を描くらしいんだけど、それにはどうやら魔石の粉末を溶かした魔力インクなる物を用いるらしいが、そんな物はある訳ない。

字面から、魔力があればいいんじゃないかなって事でとりあえず土魔法を駆使して本に書いてある通りに溝を彫って、そこに魔石の粉末を詰め込んでみる。

この魔石は、村から少し離れた場所に生息するスライムとキノキノコとホーンラビットから採取出来る小さいやつを村人からいくらか融通してもらった物を使ってる。

一応インクもあるんで作ろうと思えば作れるけど、結構時間がかかるっぽいし、鉄製品にインクで魔法陣描くって無理っしょ。駄目だったらそれで試せばいい。

「どれどれ」

特に問題なく完成したんで、試しに軽く魔力を流してみると、数秒の間をおいて陣の中央に火が灯《とも》った。灯ったんだけど、火が安定しないな。大きくなったり小さくなったりするのは製作者の観点から見ても不良品と言わざるを得ない。

「うーん……うん？」

なにが原因なんだろうと鑑定魔法を使ってみると、キッチリ不良品と表示され、ついでに魔力の流れが不均一と出たので改めて火を出してみると、確かに魔力が多く流れすぎてる場所があったり逆にほとんど流れてない場所があったりと酷《ひど》い有様だ。

原因は言わずもがな。魔石の粉末だね。

亜空間から再び近隣魔物の魔石を取り出してじっと確認すると、微量ながら含有魔力に差がある。これが今回の不均一に繋《つな》がったんだろう。

ならばこれを均一にすれば問題なく着火の魔法陣が作成出来るようになるだろうと、スライムの魔石だけで作った粉末で作り直してみたけど、やはり流れが不均一でさっきよりはマシだけど不良品という結果に。

「案外難しいな」

同じ魔石だけを使っても駄目となるとどうしたものかな。

そういえば魔力インクって物があったか。あれと粉末魔石の違いってなんじゃろか。液体に魔力を溶かす必要がある？　もしそうなら別にインクでなくてもいいんじゃないか？

「よし。やってみるか」

粉末魔石を水魔法の中に放り込み、振動させたり超高速回転させたりしてみると、無色透明だった水球が紫色に染まり始めた。

それから20分ほどかけて魔力をたっぷりと吸い込んだサッカーボール大の水球は真紫の毒々しい色に。とりあえずこれを彫った溝の中に流し込んでぴっちり蓋《ふた》をしたはいいけど、肝心の出力部分をどうしようか。

液体をむき出しにしたらそこから流れ出る。かといって触れてないと魔力が通せない。この一部だけ粉末魔石を――いや、この場合ならその部分は魔石を板状に切ってそれで塞《ふさ》ぐのがいいかもしれん。

「よし完成ー」

早速板状魔石に触れて魔力を流してみると、さっきまでとは比べ物にならないほどの火力が非常に安定した状態で灯った。

「うん。イイ感じだね」

とりあえず問題が解消された。鑑定魔法でも一級品のお墨付きだ。

「リック様。ちょと入っても大丈夫ネ？」

「うん？　別に大丈夫だよー」

次にどの魔道具を作ろうかなーとウキウキしてるところに、何故《なぜ》かルッツがやって来た。その背後にはレイも一緒で手には小さな瓶がある。

「なんか用？」

「魔道具の本、受け取った聞いたヨ。でも他に渡す物があったの忘れてたから届けに来たネ」

「渡す物ってその瓶だよね？　重要なの？」

「魔力インクネ。これないと魔道具……動……いてるネ」

「もうお作りになられたのですか⁉　魔力インクも無しにどうやって……」

「ちょっと苦労したけどね」

こんなに苦労したのは魔法を使えるようになって魔力を増やす事に熱中していたあの頃以来だ。まぁ、もう作り方は大体分かったんで、後は便利な魔道具を次々作ってぐーたら生活にたどり着くのだ。

「普通、こんな短時間で魔道具作れないヨ。相変わらずやる事が規格外ネ」

「そんなのはどうでもいいんだよ。それよりも着火の魔道具作ったんだけど、大きさってこれで合ってるの？」

完成した魔道具は屋台で見かける鉄板サイズ。でも火力はしょぼい。

なのでこれが魔道具かどうかの確証が欲しい。

「そうネ。同じのが馬車に置いてあるヨ」

「間違っておりませんね。それと比べてリック様のは火力はかなり大きいですが、まごう事無き着火の魔道具でございます」

「……そうなんだ」

マジかぁ……こんな無駄にデカいのを使ってわざわざ着火するのか。使えない事はないけどエレナが使うって事を考えるとかなりデカい。元冒険者だから使い慣れてるだろうけど、ぐーたらの観点で言えばもっと小型で使いやすい方がいいに決まってる。

あとさりげなく火力が大きいって……俺から言わせれば全然足りないぞ？

「どうやったか知らないけど……要るネ？」

「一応貰《もら》っとこうかな」

魔力インクと俺の魔力水とではどう違うのか。まぁ、すでに結果は出てるようなもんかもしれないけど、検証というのは大事だ。

「じゃあ失礼するネ」

「申し訳ございませんでした」

さて……2人が去ったので今度はサイズダウンの実験といこう。竈《かまど》にこれを入れるとなると作り直す必要がある。それでも別にいいけど、せっかくだから限界に挑戦してみたい。

まずは半分——あっさり成功。

さらにもう半分——若干火の勢いが弱くなったかかな？　でも火種としては十分使えるんで成功と

しておこう。

「さて、じゃあ本番といこうか」

やっぱ火おこしといえば、皆ご存じのチャッ○マ～ン♪だろう。もちろんあんな高性能な物は作れはしないが、形状くらいならマネ出来る。

まずは鉄を長い棒に変形させ、先端を魔法陣が描けるギリギリのサイズにする。形は何となく焼きごてっぽくなったけど、これでも十分すぎるほどのサイズダウンだと信じたい。

次に、持ち手となる部分に魔石の板を張り付けて魔力水を魔法陣の溝から板まで繋げれば完成だ。

「どれどれ――」

早速魔力を流して着火してみると、最初に作ったやつくらいの火力に落ち着いた。これなら、わざわざ馬鹿でかい板を竈に放り込むより遥《はる》かに簡単で取り回しがいい着火の魔道具が完成したって事でいいだろう。


「かあさーん。ちょっといい？」

「どうしたのかしらー？」

「おや？　その手に持っている物は何だい？」

一応の完成を見せた魔道具を手にリビングに顔を出すと、すこぶるご機嫌なエレナとサミィがのんびりとお茶をしている。どうやら余剰分での買い物が上手《うま》くいったのかな？　それともドレスとか貴金属でも眺められて楽しかったのかも？

とりあえず説明をするか。

「これは俺が作った着火の魔道具だよ」

「えっ⁉」

「随分と小さくないかい？　ボクが見たのはもう少し――いや、かなり大きかったと記憶しているよ」

おや？　どうやらサミィは着火の魔道具を知ってるみたいだけど一体どこで――あぁ。多分王都のパーティーに出席した時だな。ルッツの馬車にもあるとか言ってたから、その時にでも目にしたんだろう。

それはいいとして、ちょっとエレナの驚き方が尋常じゃないな。いくら魔道具について詳しいだろうとしたってちょっと大げさすぎるな。そんなにおかしいかな？

「試しに小さくしてみたら出来たんだ。それで、ちゃんと薪《まき》に火がつけられるかどうかを確かめたいんだけど、台所借りていい？」

「なんだい。使えないのかい？」

「使えはするけど実際に部屋で薪に火をつけるのは危ないじゃん？」

水魔法が使える俺にそんな危険は万に一つもない。ないんだが、その光景をエレナに見つかるとそりゃあもうとんでもなく怒られる。たとえ魔法で隠ぺいを試みたところで、危険が絡むとかなりの高確率で発見される。なのでこうして許可を貰いに来たんだけど、最初に驚きの声を発してからエレナはずっと黙ったままだ。

「母さん？　どうかしたのですか？」

「リック。その魔道具はちゃんと使えるのかしら？」

およ？　いつものほほんとした感じが全く見られないぞ。そしてどことなく威圧感がある言動に、普段飄々《ひょうひょう》としているサミィもどこか緊張感のある表情になった。

「えっと……それを試すために台所を借りたいんだけど？」

「まずはここで火が出るのか見せなさい」

「それは別にいいけど――これでいい？」

よく分からんが言われた通りに火を灯すとそりゃあもう驚かれた。

「こんなに小型でこの火力……揺らぎも少ないわね」

一体何に驚いてるのかよく分からんけど、使える事はちゃんと証明された。後はどのくらいのサイズの薪までイケるのかが知りたい。

「ちなみにだけど、ルッツに販売する予定はあるの？」

「無いよ。もともと村人に配って楽に火おこしをしてもらうつもりで作っただけだから、必要分だけかなー？」

これはあくまで俺がぐーたらするための第一歩として作ったにすぎない。着火程度の魔道具なんて、ＩＨみたいな感じにするのが最終目標の前にはおもちゃを作ったみたいなもんだ。

「……そう。なら問題ないかしらねー」

「一体何だったの？　別に悪い事した訳じゃないよね？」

「人が作った魔道具はねー、時々不具合が出て危ないのよー」

「へー」

なるほど。危ないのであればエレナが怒るのはもっともだ。しかし不具合っていうのはちょっと信じられないね。技術者がそんなんでいいのかと突っ込みたくなる。

「でもー、リックちゃんのはその不具合が無さそうだから大丈夫よー。でも、ルッツに売っちゃ駄目だからねー」

「はーい」

さて。実験も成功したし、後は夕飯までぐーたら――

「ここに来たついでにー、夕飯の準備もしちゃいましょうかー。サミィちゃんは何か食べたい物はあるかしらー？」

「そうですね……今日は食材も豊富だからリックの料理が食べたいですね」

「あらそれはいいわねー。という事でリックちゃん。夕飯お願いねー」

「まぁ、別にいいけど」

これ以上尋ねたところで求める答えは返ってこないだろう。だったらさっさと頭を切り替えて倉庫に再突撃。朝と昼はいつものだったから、夜はリクエスト通りに作るか。

「何がいいかな……」

食材は潤沢だ。今日くらい贅沢《ぜいたく》しても罰は当たらないが、野菜は乾燥した物と根菜中心。調味料は塩オンリー。肉は塩がたっぷりとすり込まれた物か鈍器だろってくらい硬い物しかない。

この中で食いたい物かぁ……第1位はぶっちぎりで米を中心とした和食だけど、無理な物は無理なので他の物にするしかないぃ。

「うーん……こんなトコかな」

材料は塩辛いベーコンとニンニクと乾燥カボチャに乾燥トマトに玉ねぎ。

「じゃあ使うねー」

元々これのために台所に立ったんだ。竈に薪を放り込んで魔道具で着火するとあっという間に燃え上がった。

「じゃあご飯作ろっか」

竈が使えるようになれば後は適当に料理をするだけ。今日は豪勢にとのリクエストなので、ナポリタンにかぼちゃのポタージュにローストポークもどきだ。

調理工程は特筆すべき事もないので省略。

あっという間に出来た完成品は、俺としては満足じゃなくても許せる範囲ではある。が、エレナとサミィは赤率40パーセントくらいのナポリタンを見て少しだけ頬を引きつらせてる。

「いい匂い——だけど、ちょっと見た目に驚くね」

「出来ればもうちょっと赤くしたかったんだけどね」

肝心のトマトも足りなかったし、水魔法で出来る限り生に近づくように戻してみたけど、やっぱりソースとして使うには全然物足りないからこんな薄い色合いにしかならなかった。

「これ以上赤くするつもりだったのかい⁉」

「数が足りなくて仕方なくこうなったんだよね。でも十分美味《おい》しいから。俺と母さんが保証するよ」

エレナも調理工程を見て腰が引けてたけど、味見でひと口食べたら随分と気に入ってくれたからな。

「そうよー。見た目にびっくりするけどー、味は美味しいのよー。一体どこでこんな料理を覚えたのかしらねー」

ジロリと何やら疑いの目を向けてくるなぁ。

もちろん前世の知識をフル活用してます。と言っても信用されないだろうし秘密でもあるんで――

「折角買ったのに誰も使ってないっぽいんで、適当に混ぜただけだよー」

あくまで適当でした、というスタンスを貫き通す。こんな辺境で育って、長年大陸中を旅してきたエレナやヴォルフさえ知らないような料理をポンと作るのはたまたまでしかない。

これは証拠がないから嘘だとも言い切れない。まさに完璧《かんぺき》な理論武装だ。

「ふーん。まぁいいわー。それじゃあサミィちゃんは父さんを、リックちゃんはアリアちゃんを呼んできてちょうだいー」

「ふえーい」

別に逆でもいいんじゃないかなーって疑問が残りつつも、とりあえず裏庭に行く事に。

あれ？　って事は、まだあの冒険者連中とドンパチやりまくってるって事か。昼を食ってすぐに見かけてからずっとやってんだとすると、どっちも化け物みたいな体力してんなぁ。

「うーわ。マジでやってんじゃん」

エレナの指示で裏庭に顔を出してみると、アリアとチャラ獣人のハイスピードバトルをタンク獣人と魔法使い獣人が眺めてるって光景に出くわした。

「おや？　リック様」

「そう別に様付けしなくてもいいって。背中が痒《かゆ》くなる」

「申し訳ない。普段から意識して使っていないとボロが出てしまいますので」

「ならしょうがないか」

無理やり強制するほど嫌って訳じゃないしね。やっぱ冒険者って面倒臭いと改めて実感するよ。

さて、飯の時間である事を教えようかと思うんだが、ちょっと気になってるもんで聞いてみようか。

「銅級冒険者の目線から見て、アリア姉さんの実力ってどう？」

どうしても銅っていうのが信頼度に欠けるんだけど、あのアリアを相手に随分と余裕そうに立ち回ってる姿を見ると、あながちレイの言ってる事は間違いじゃないのかな？

「そうですね……正直、さすが英雄の子供と言える強さです」

「ん。ギン、加減してるけど強い」

「へー」

なるほど。必死にクリーンヒットさせようと凄《すご》い形相をしてるアリアと比べ、ギンって呼ばれた獣人の表情からはまだまだ余裕が感じられるもんな。

とはいえ、いつまでもそんなのを見学してたらエレナに叱られる。そいつは御免なんで、丁度2人の距離が開いたタイミングに合わせて中央に光魔法――いわゆる閃光弾《せんこう》みたいな強烈な光を見舞ってやる。

「「うわっ⁉」」

「今のはリックね！　いきなりなにすんのよ！」

「ご飯出来たから呼んで来いって言われてんの」

「だったらそう言いなさいよ！　目が見えなくなったらどうするつもりな訳！」

「アリア姉さんだったら何とかなりそうだけどね」

事実。完全に不意打ちをかまして視界を奪ったはずなのに、まるで効いてませんよとばかりにまっすぐ俺に向かって襲い掛かってくる。もちろん捕まったら酷《ひど》い目に遭うので一目散に全力疾走。こんな事なら土板に乗って来るんだったよ！

「逃げんじゃないわよ！」

「見えてんじゃん！」

「もう治ったのよ！」

「じゃあ許せばいいじゃん！　可愛《かわい》い弟の優しさだよ⁉」

「1発殴らないと気が済まないのよ！」

なんちゅう回復力だよ。といっても全快って訳じゃなさそうだ。苦し紛れに、魔法でちょっと地面をへこませたり、盛り上げたりして邪魔をしてみると、つんのめったりするから、間合いは思いのほか縮まらない。

「ただいま！」

「あらおかえりなさーい。ご飯出来てるわよー」

ギリギリで家にたどり着き、エレナの近くまで逃げると、鋭い眼光で睨《にら》みながらもアリアが振り上げてる剣を収める。そうだよね。ここで暴れたらとんでもない説教を受ける事になるんだからな。そのくらいの知恵はさすがに持ち合わせてて助かったよ。

「ちっ！　あとで覚えてなさいよ」

「なに言ってるのさ。母さんに説教されたい訳？」

「もっとマシな止め方があんでしょって言ってんのよ！」

「それで止まるなら誰も苦労はしないんだけど？」

アリアは集中したら基本的には雑音が入らないようになる。まぁ、とはいえヴォルフやエレナの声であれば余裕でその集中を突き抜けるんで、おそらく俺の話を聞かないのは小馬鹿にされてるからなんだろう。

なので、１発で止めるためには、あんな風に強引な手段に出る訳だ。若干のストレス解消もあるけどな。

「水」

「はいはい。じゃあ1回外行こうか」

ようやく視界が戻ってきたらしいアリアに木剣の先で突《つつ》かれながらの要求に魔法で応える。暴力に屈したわけじゃない。急がないと夕飯が遅れてエレナに怒られるからだぞ。

すっぽり全身を覆いつくし、微細振動と緩い回転で土汚れや汗を落として、最後に火魔法と風魔法での全身乾燥を行えば、あっという間に見た目だけは美少女のアリアの完成。


「おなかすいたー。今日の晩ご飯は何なの？」

「俺が作ったパスタだよ」

「ふーん。アンタの料理なんて久しぶりね。アタシの分は大盛りでしょうね」

「それは母さんに聞いて」

俺は作るまではしたが、そっから先は呼びに行く事になったんでエレナの領分だ。

さーてどうなってるかなーとテーブルに目を向けてみると、どうやらそういう事を見越していたかのように、アリアがいつも座る席に置かれてるパスタの量が他の皿に比べて多い事には気づいたみたいだけど、ナポリタンの真っ赤な見た目に眉間《みけん》にしわが寄る。

家族の反応もおおむね良くない。

「ちょっとリック。なんでこのパスタこんなに赤いのよ」

「父さんも聞こうと思ってた。一体何をしたんだ？」

「トマトを使ったソースと玉ねぎを絡めたパスタを作ったんだよ」

「これ美味しいの？」

「結構いい感じだよ。ねぇ母さん？」

「そうねー。お母さんも色にびっくりしたけどー、食べてみるととても美味しかったわよー」

完璧じゃないけど食えなくはない。美味《うま》いと不味《まず》い。2択で答えろと言われれば美味いと迷い無く答えられるくらいにはいい出来だと思う。そもそも不味い物を食卓に出す訳ないでしょ。

「ふーん……じゃあ不味かったらぶん殴っていい？」

「別にいいけど？　美味しかったらどうしてくれんの？　頭でも撫《な》でてくれんの？」

一応冗談のつもりで言ったんだけど、返ってきたのはまさかのパンチ。

「馬鹿じゃないの？　んな事する訳ないでしょうが」

「だったらわざわざ殴らないでくれないかな？　痛いんだけど？」

「加減してんだからんな訳ないでしょうが」

加減ねぇ……俺から言わせれば、脳筋アリアの加減が一般10歳の俺の肉体に与えるダメージは結構なもんだと思う。魔法で結界を張ってるからうんともすんとも言わないけど、これが無かったら頻繁に怪我《けが》をしまくってベッドから抜け出せない生活を送ってたんじゃなかろうか。

「はいはーい。お話はそこまでにしてご飯食べましょうねー」

「母さん。一応アリア姉さんを叱ってほしいんだけど？」

「許してあげてー。今のはアリアちゃんの照れ隠しだからー」

言ってる意味が全く理解出来ないな。何がどうなったらパンチが照れ隠しになるんだよ。そもそも。何をもって照れ隠し？　そんな素振りはどこにも無かったんですけど？

「ん……っ。見た目は気になるが、これは美味ぃな」

「そうでしょー。まさかパスタにトマトなんて驚いたけどー、美味しいわねー」

「リックの料理はいつも未知だが美味しいよ」

家族の評価はおおむね良好。残ってるのはアリアだが、ちらっと横目で盗み見る限りは、甘めに味付けしたナポリタンを大変お気に召したようだ。一心不乱——という程じゃないけど、大盛りのそれを美味そうに食う姿は聞くまでもない。

「……なによ」

「んー？　殴られる心配は無さそうだなーって」

睨んできたアリアに対し、勝ち誇った笑みを浮かべながら告げる。満足したんで、ぐーたらするためにさっさとパスタを食べちゃおうとしたら、ヴォルフが咳《せき》ばらいをした。急にどうしたんだろうと全員の目がそちらに向く。

「他領にある隣村からまた依頼が来たぞ」

その内容はアリアを歓喜させるには十分すぎる内容だった。

「今回は何⁉」

「アリアちゃーん。静かにしなさーい」

「……はい」

おっかしいなー。俺を殴ったりするのは注意しないのに、こうして騒いだりしたら注意が入るんだもんなー。

しかしまた隣村からの依頼か……。相変わらずヴォルフに頼りすぎだろ。

つっても、辺境という事もあって冒険者の質はそんなに良くないし、若く力のある連中は王都に行っちゃうんで、残ってるのは半分引退してるようなベテランの冒険者か実力が足りない新人くらい。

そんな連中じゃどうしようもない危険な魔物の討伐が、数カ月に1回。多いと2回くらいのペースでこうして持ち込まれる。

どれどれ……肝心の内容は——ゴブリンの巣の駆除か。

いつもながら面倒臭そうな依頼ばっかり押し付けてくるよなー。これで報酬が銀貨1枚とか馬鹿にしてんだろって言いたくなるぞ。

「とりあえず2日後を予定してるから、準備をしておくんだぞ」

何故《なぜ》明日じゃないのか。それはこの後に村の酒飲み達による大宴会が始まるからだ。

この村で月に1回だけしか開催されないビッグイベントであるが故《ゆえ》に、翌日には参加した全員が二日酔いになって使いものにならなくなる。もちろん親族は苦しんでようがお構いなしに仕事に向かわせるし、ヴォルフもちゃんと説教を受ける。

もちろんアリアはこれに不満があるが、嫌ならついて来なくていいぞ？　と言われてからは大人しく従うようになった。

「リックも、明後日《あさって》は早起きするんだぞ」

「ふえーい」

隣村までは馬車でも1日はかかる。でも俺の土板に乗って移動すれば、往復で10分もかからないので、最近は依頼があるたびに移動係として引っ張りまわされる。たった銅貨1枚でだ。

「んふふ。今から楽しみね。リック」

「俺は楽しくない」

アリアにとって魔物退治は、日本でいう遊園地とかに行くのと何ら変わらないくらいの事なんだろうけど、俺からすればはした金で1日中労働させられるという地獄に近いバッドイベントなんよなー。

「あらー？　でも魔物退治となるとー、魔石が沢山手に入るんじゃないかしらー？　いっぱい使うんでしょー？」

「……あぁ。確かに」

ゴブリン程度じゃスライムなんかと大きさはそう変わらないけど、巣の駆除って事は上位のゴブリンが居る可能性が高い。前に似たような依頼をこなした時も、有象無象《うぞうむぞう》の中にそういうのが沢山居たっけ。

前までは、使い道が無かったんで全部隣村のギルドに売ってたけど、今回からは着火の魔道具のためって理由が出来たし、いずれは農業用やこういった魔物退治の時の移動係から逃れるためや、色々な魔道具開発のために全取りさせてもらおう。

文句を言われるかもしれないけど、ぐーたらの前にそんなのは些事《さじ》だよ些事。

「そう考えるとちょっとだけやる気出てきたかも」

「頑張るのよー。お母さんはお弁当作ってあげるから――」

「ボクは無事を祈る事しか出来ないけど、怪我無く頑張ってくるんだよ」

「はぁ……面倒臭いなー」

こうなると、自然と明日の予定は村人へのアンケートって事になるし、魔物依頼を達成した翌日はルッツとアンケートを基に追加購入の話し合いをしなくちゃなんなくなる。

忙しいなー。重労働だなー。やりたくないなー。誰か代わりに――ってあれ？　そもそもアンケートを取るくらいだったら別に俺じゃなくてもいいんじゃね？　そうだよ。誰か暇そうな村人だったりここに居るサミィにでも押し付け――げふげふ。頼んでやってもらえばいいんじゃね？

そうだねそうしよう。

「サミィ姉さんちょっといい？」

「どうしたんだい？」

「別に身構えなくてもいいじゃん。母さんから聞いてるかどうか知らないけどさ。砂糖を売ったお金で、村の皆にお祭りでも楽しんでもらおうって考えてるんだけどね」

「あぁ。それは素晴らしいじゃないか。村の皆も喜ぶと思う」

「それでなんだけどさ。欲しい物とか皆に聞くんだけど、正直俺1人で全員に話聞くのって面倒臭いじゃん？　だからサミィ姉さんに手伝ってもらいたいなーって」

アンケート調査であれば村の外に出る必要も無いし、サミィ以外の家族は明後日の魔物討伐に関して何かしら準備する事があるんで、忙しいといえば忙しい。

「なるほど。そのくらいだったらボクも手伝えるから任せてくれ」

「じゃあお願いね」

よし。これで面倒な仕事の協力者が出来た。明後日は1日中魔法を使って動き回るってブラック労働をさせられるからね。無駄な体力は本当に使いたくないから助かるよ。

いやー。持つべきものは脳筋ガサツ乱暴な姉じゃなくて、気配りが出来て家族の心配をしてくれる優しい姉ですね。

「痛っ⁉　なに急に」

「なんかムカついたから」

「ちょっと母さん父さん。アリア姉さんが理不尽な暴力振るってくるんだけど？」

「あらあらー。いくらリックちゃんが可愛《かわい》いからってそんな事をしちゃ駄目よアリアちゃんー」

やっぱりさっきと比べて怒り方が非常に緩い。おまけによく分からん素《す》っ頓狂《とんきょう》な事を言っては楽しそうに笑ってやがる。

可愛いと称してぶん殴ってくるって……なんかそんな現象に対する名称があったような気がするけど、それに該当するにしたってぶつけられる方はたまったモンじゃないぞ。

「フン。明後日寝坊したら叩《たた》き起《お》こすからね」

「へいへい。努力しますよ」

さて、そうなると明日はいつも以上に早く寝ないといけないから、エレナに頼んで俺だけ早めの夕飯にしてもらわんとな。

◇◇◇

「ふあ……っ。眠」

やれやれ。明日は魔物討伐というブラック労働だという現実であんま眠れなかったな。このまま二度寝といきたいけど、アリアが怒鳴り込んできたりしたら嫌なんで仕方なしに起きるとしよう。

「うるさ……くないよねー」

窓を開けてもガンガンギンギンやかましい音は一切聞こえてこない。当たり前だよなー。

昨日はやはり村で酒盛りが行われ、ヴォルフもそれに参加して当然のように二日酔いになって、訓練なんて出来る状況じゃないのに加えてエレナから滾々《こんこん》と説教を受けているんだろう。いくらおばばのところに治療薬があるとしても、飲みすぎは良くないよねー。

そして、そんな状況でもアリアは淡々と素振りをしてる。よくもまぁ朝っぱらから青空の下で飽きもせずに続けられるもんだよ。

「さて、朝飯でも作りますかね」

一応リビングなり寝室なり寄ってみて、エレナが作れる状況であれば手伝いに回るし、出来ない状況なら俺が代わりに作るしかない。

ちょっとだけ重い足を引きずってリビングに行ってみると、そこに居たのはサミィだけ。って事は朝飯担当は俺で決まりっぽいな。

「おはようサミィ姉さん。母さんは？」

「おはようリック。いつもの事をしてるよ」

つまり説教をしてるって事だね。まぁ、今まで通りなんで互いに苦笑いをする。

「そうだリック。今日の聞き取り調査なんだけど、朝ご飯を食べたらすぐで構わないかい？」

「……うん？　なんかその感じ、俺もついてく事になってない？」

「違うのかい？　ボクはてっきり移動を手伝ってくれるのだとばかり思っていたんだけど？」

うーん……サミィ1人に任せると言ったものの、いつもみたいにおば――お姉さん方に取り囲まれる可能性は多分にあるんだよな。

そうなった場合、人がいいサミィの事だ。強く拒絶する事もしないでだらだらと時間が過ぎて、肝心のアンケート調査が完遂される事なく仕入れの話になっちゃいそうだよなー。

まぁ、そうなったらそうなったで悪いのはお前らよ？　と言えば黙るだろ。

そのためには開口一番に「大露天市の聞き取り調査」というのを徹底させれば何とかなりそうだけど……性格上難しそうだなぁ。

「……しんどい？」

「そうだね。ボク1人だと難しいかな」

「じゃあ手伝うよ」

あまり無理強いしても良くないしね。とりあえず移動くらいだったらボケーッとしててもこなせるし、多少のぐーたら力を犠牲にして、村人からの未来の信頼度を優先する方が、ぐーたらライフにとっては有益になるはずだ。

「ごめんね。色々とやってもらって」

「気にしない気にしない。じゃあ俺は朝ご飯作ってくるねー」

さて、エレナが説教中なんで朝ご飯は俺が作る訳だけど、昨日はナポリタンにかぼちゃのポタージュとなかなか贅沢《ぜいたく》な1食だったから、朝はいつも通りのメニューにしようかな？

とりあえず倉庫に食材を取りに行ってから決めよう。品質にしか目を向けてなかったんで、正直何があるのかとかよく分かってないんだよね。

「ふあ……っ。眠い」

「今まで寝てて眠いって何よ」

「あれ？　アリア姉さん何してんの？」

背中をぐいと突かれて振り返ってみると、なんかつまんなそうな表情のアリアがそこに居た。

「1人で訓練しててもつまんないのよ」

「じゃあ冒険者達にでも相手してもらったら？」

俺が起きたって事は、おおよそだけどこの世の全ての人が起きてると思うから、多分村に行けば冒険者連中も起きてるんじゃないかな？

「行ったけど寝てるって言われた」

「なん……だと⁉」

信じられん。この俺より長く寝ているだと？

そんな事が許されていいのか？　ぐーたら神を信奉し、ぐーたら道を探求するはずの俺より長くぐーたらするなんて許されていいはずがないんじゃないか？

「どうしようアリア姉さん。そいつらを今すぐ叩き起こしたくなってきた」

「止《や》めなさいよ。ルッツさんに聞いたら、夜の見張りとかであんまり寝てないって言ってたんだから寝かせときなさいって」

「ふーん……なら仕方ないか」

つまり徹夜をしてたって事か。それなら文句は無い。これ以上ごねて、だったらアンタも遅くまで村のために働きなさいよ、とか言われたらたまったもんじゃないからね。

「で？　どこに行くのよ」

「倉庫に食材取りに」

「……仕方ないわね。暇だからついてってあげるわ」

「暇なら走ったりしてたら？」

「なによ。ついて来られたら都合が悪いっての？」

「別になんもないかな？」

「だったらいいじゃない。ほら。倉庫に行くんだから綺麗《きれい》にしなさい」

「はいはい」

木剣に突《つ》かれながらアリアの全身を水魔法で綺麗にし、乾燥させるとすぐに土板に乗り込んできた。

「走らないの？」

「折角さっぱりしたのに、そんな事したら汗かくじゃない」

との事なんで、仕方なく少しだけ面積を広げてから倉庫に向かってひとっとび。

「あらリック様——とアリア様。ご一緒とは仲がよろしいですね」

「んな訳ないでしょ——って痛いんだけど⁉」

倉庫の前にお姉さんがいて、そんな事を言ってきたから即座に否定したらアリアにぶん殴られた。

こんな関係を見ても仲がいいと言えるのかね？　俺は言えないね。

「本日は氷の補充ですか？」

「ううん。ただ食材取りに来ただけなんだけど、そろそろやっておくか」

「中に村人も居ますので、注意してくださいね」

「分かってるって」

聞きなれた忠告に苦笑いしながら魔法で開けようとしたら、アリアが得意げに腕まくりをしながら歩き出し、分厚い扉を開けてくれた。

「アンタみたいな貧弱じゃ出来ないでしょ。ありがたく思いなさい」

「……ありがとう。アリア姉さん」

本音を言えば、別に魔法で出来るから大丈夫なんだけど、あそこまで得意満面の笑みをされてるとさすがに言えないよね。だって言ったら絶対にぶん殴られるもん。

そんな思いを隠したまま倉庫内へ。

「はぁ……相変わらずこの中は涼しくていいわねー。ずっと居たいくらい」

「母さんに叱られたいならどうぞ」

さーて。昨日とは違うメニューで簡単なのがいいね。

とりあえず乾燥野菜が置いてある木箱を開けて中を確認。昨日はトマトとかぼちゃと玉ねぎを使ったから……今日はジャガイモでフライドポテト。人参でポタージュスープにしよう。

「それだけ？　少なくない？」

「後は干し肉を貰《もら》っていくから大丈夫」

干し肉は細かく削ってスープに入れれば、塩分も相まって結構美味《うま》いスープになるんじゃないかな？

って事で、干し肉をゲットした俺達は倉庫の奥の方へ。

「アリア姉さん。俺達以外誰も居ないよね？」

「そうね。大丈夫よ」

倉庫の外へ村人が出て行った事をしっかりと確認し、氷魔法を倉庫の床以外に向かって派手にぶっ放しながら、入り口に向かってちょっとずつ後退する。

「……ちょっと寒くなってきたわね」

「まぁ、至近距離だからね」

元々倉庫の中は氷点下なうえに至近距離でそれ以上に冷たい魔法を吐き出して壁と天井を凍り付かせてるからね。

まぁ、俺は魔法で自分の周りを適温にしてるから寒いも暑いもないんだけどな。

「ちょっと。まだ終わらないの？」

「もうちょっとだから先に外出てていいよ」

8割くらい凍らせたんで、ここら辺まで来て誰も入ってこないんであれば、外のお姉さんが作業中だって事を説明してくれてるだろう。なのでアリアが居なくなっても特に問題はないはずだ。

「馬鹿言ってんじゃないわよ。誰か来たらどうするつもり」

「多分大丈夫だから」

分かってなかったみたいなんで理由を説明すると、何故《なぜ》か渋々といった表情をしながら一足先に倉庫から出て行った。


「あらリック様。終わったんですか？」

「もちろん。ところでアリア姉さんは？」

村人が指さす先では、太陽で熱されているだろう建物の壁にへばりついて暖を取っている姿があった。

「アリア姉さん終わったよー」

「遅かったわね。どこがあとちょっとなのよ」

「何言ってるのさ。これでも急いだ方だよ？」

まだ朝食作ってないんだ。これが遅れるとエレナがどんな事になるのか分からない俺じゃない。

いつもより多少の手抜きがあるかもしれないけど、安心安全なぐーたらライフを送るためには仕方のない犠牲だ。

「ほら。朝ご飯作らないといけないから帰るよ」

「ちょっと待ちなさいって。まだ寒いんだから何とかしなさいよ」

「んー。だったら――」

面倒なんで、いつもの全身洗浄の水の温度を高くしてしばらく放置。

そのまま家に到着したと同時くらいに水を捨てると、随分と元気になったアリアになった。

「どう？」

「十分あったまったわ。褒めてあげる」

「はいはいどうも。じゃあ朝ご飯作っちゃうねー」

って事でパパッと朝食を作り、一家団欒《だんらん》の食事の時間を終える。

「さて、それじゃあ行こうかリック」

「え？　もう行くの？」

「え？　どこに行くの？」

食事を終えて、すぐにアンケート調査に出かけようとするサミィに、しばらくぐーたらしてから行こうとしてた俺は当然のように聞いたんだけど、何故か木剣を持ったアリアも似たような事を聞いてきた。

「アリア姉さん。昨日お祭りのために村人に欲しい物を聞いて回るって話してたの覚えてないの？」

「魔物討伐するって事しか覚えてないわ」

そういうところはアリアっぽい。多分だけど、俺と一緒に冒険者のところに訓練にでも行こうと誘おうとしてたんだろうが、俺はどんな手を使ってでもそんな地獄級の運動をするつもりなんかこれっぽっちも無い！

「あっそ。まぁそんな訳なんで、冒険者のところには1人で行ってきてね」

「だったら村まで送りなさいよ」

「そのくらいならいいけど……」


さて、そんな訳でアリアを村の入り口で下ろした後、サミィと2人で村の広場までやって来た訳だけど、やはりサミィの人寄せの効果ってすごいね。井戸の傍らで洗濯をしてたおば——じゃなくてお姉さん方がサミィを発見するや否やわらわらと近づいてきた。

「おはようサミィちゃん。今日は暖かいわね」

「そうですね。皆も家事、ご苦労様です」

「はぁ……こうやって褒めてくれるのはサミィちゃんくらいだよ」

「大変な仕事を毎日こなしてくれているのだから、感謝の言葉なり労《ねぎら》いの言葉なりをかけるのは当たり前じゃないですか」

よくもまぁすらすらとあんなセリフが出てくるもんだね。お姉さん方が本当に嬉《うれ》しそうにしてるな一ってのを眺めてると、その中の数人がようやく横にいた俺に気づいたらしく、目が合った。

「おや？　今日はリック様も居るのかい？」

「居ちゃ悪い？」

「そんな事ありませんよ。ただサミィちゃんと一緒に居るのが珍しいだけですよ」

「本当だね。水はまだ十分ありますよ？」

「今日は皆に聞きたい事があって、無理を言って移動のために付き合ってくれているんだよ」

「聞きたい事だって？　何だって聞いておくれよ」

「そうだよ。サミィちゃんのお願いならあたしらはなんだって聞いてあげるよ」

「ありがとう。早速なんだけど、皆が日頃抱いてる不満――欲しい商品を買えないというのをリックが目の当たりにしたらしくてさ。本当かい？」

「そうですねぇ。あたしらも文句を言っちゃいけないとは思ってますけど、もう少し布とか買いたいと思ってますねぇ」

「父ちゃんに頼んでも買えなかったと言われる事が多くてねぇ」

うんうん。やっぱり満足いく買い物が出来ない事にお姉さん方のフラストレーションが溜《た》まってたみたいだね。出るわ出るわ不満の言葉が。

一応領主の息子と娘の前なんだけど、俺もサミィも――というか基本的に家族全員が貴族という枠組みから大きく外れた存在だからね。愚痴や文句を言われた程度で即刻打ち首じゃー！　という事にならないのでご安心を。

「……しっかし随分と不満があったねー」

話の内容はほとんど聞いちゃいなかったけど、少なからずぐーたら出来たんで良しとしよう。

「それで？　そんな話を聞いて一体何なんだい？」

「ちょっと大きな臨時収入があってね。何に使おうかなーって考えてたら、露店での一件でしょ？　だったら、パーッと使って飲めや！　歌えや！　騒げや！　のお祭りでも開こうと思って。食べたい物だったり、歌や音楽なんかが聞きたいとかのリクエスト——要望とかないかなーって聞き取り調査をしてるんだけど、なんかある？」

そう聞いたお姉さん方の目が、ギラリと光った。

「リック様。それっていくつでもイイって事なのかい」

「限度はあるけど、言うのは自由だよ」

予算は金貨8枚分。もちろん要望全部聞いてたら資金がいくらあっても足りなくなるだろうから全部は叶《かな》えられないけど、そんな事はあっちも百も承知だろう。

それでも言うだけならタダだし、また同じような事が開催されるかどうかの見込みが無い以上、後悔をしたくなければ思いつく限りの要望を伝えるしかない。

さぁ。ここからはサミィを盾にして、俺は流れてくる内容を土板に魔法でひたすらに彫っていくだけなんだけど、よほど溜まってたんだろうね。もの凄《すご》い勢いであれやこれやとガンガン要望が積み上がる。

正直、魔法の力が無かったらとてもじゃないけど追いつかなかったんじゃないかなーと思う訳だけど、これをあと何回繰り返さないといけないのかなーと考えるだけで、こんな企画を思いついてしまった事をちょっと後悔するよ。


「……随分出したみたいだけど、もう大丈夫？」

「ええ。とりあえず伝えられる事は伝えましたんで」

「後はそっちにお任せするよ」

「まぁ、努力はするけど大きな期待はしないでね。他の村人にも聞いて回らなくちゃいけないからね」

少ないって言っても総数60人だからね。1人1人の要望を聞くだけでも時間はかかるんで、さっさと終わらせて夕飯までには家に帰らないとエレナに叱られる。

「だったら男連中のは無視しちゃって構いませんよ」

「そうだよ。今日も酒を飲んで二日酔いだとか言って仕事を休もうとするんだから」

「きっと要望も酒に決まってるさ」

「あはは。その時はそうしようかな。それじゃあボク達は次の調査に向かわないといけないからこれで失礼するよ」

「あぁ……もう行っちまうのかい？」

「色々と立て込んでるからね。行くよサミィ姉さん」

別れを惜しむお姉さん方との会話を強引に断ち切り、サミィを土板に乗っけて逃げるように広場を後にすると、隣のサミィが眉間《みけん》にしわを寄せてどうやら怒ってるっぽいな。

「リック。あんな風に会話を終わらせるのはさすがに失礼すぎじゃないかい？」

「大丈夫だよ。多少の怒りを買っても、これがあると分かってればね」

山と積みあがった要望書を見る限り、これをどれだけ楽しみにしてるのかがよく分かるから、たとえ少々の不満があったとしても文句は言うまい。

ありえない事だけど、こっちの不興を買って開催中止！　とかになったら嫌だろうからねってのをサミィに説明。

「なるほど。確かにそう考えるとあのくらいであれば問題はなさそうだね」

「でしょ？　だからさっさと離れて次の村人に話を聞きに行っても大丈夫。じゃないと夕飯に間に合わなくなって、サミィ姉さんが全部悪いんですって事になるけど？」

エレナもある程度の例外は認めてくれるけど、村の外に出ないし緊急性も薄いんで、遅刻の正当な理由としては非常に弱い。なので間に合わなければ絶対に怒られる事が確定。

そうなれば、俺は簡単にサミィを売る。当然空気は悪くなるけどその辺は仕方ない。説教されるのだけは嫌だからな。その際は全力で人身御供として諦《あきら》めてもろて。

「それはボクも望まない結末だね」

「だったら次からは自分で何とかする？」

「……リックに任せてもいいかな」

「いいよ」

嫌われたくないのかな？　それとも途中で会話をぶった切るってのが出来ないのかな？　どっちにしたって俺がやるって結論は変わらないか。

「ごめんね」

「別に謝るほどの事じゃないでしょ。サミィ姉さんにはサミィ姉さんにしか出来ない事をやってもらってるし」

「ボクにしか出来ない事？」

「今みたいな事かなー」

俺はぐーたらするのに忙しいし。

ヴォルフは領主として。

エレナは家事全般。

アリアは――えーっと……まぁ、冒険者になるために頑張ってるとしておこう。

そんな中で、サミィは村人と積極的に会話をしてちょっとした不満を解消したり、娯楽の少ない村でお姉さん方を楽しませたりしてくれてる。

それが結果として、ここから逃げ出そうとする人を繋《つな》ぎ止《と》めてくれてるんじゃないかと俺は考えてる。

「――だから、あんまり自分を卑下しなくてもいいんじゃない？」

「あはは。そう言ってもらえると嬉しいかな」

「少なくとも、アリア姉さんよりは村にとって役に立ってると俺は思うからさ」

「……」

「お？　次は子供達だー」

集団で遊ぶ子供達を発見。あっちもこちらを見つけたようでわらわらと群がってくる。

「りっくさまだー」

「リック遊んで」

「あそべー」

「今忙しいからまた今度な」

「随分と子供に人気があるんだね」

「まぁ、色々やったりやらせたりしてるからね」

広場に公園を作ったり。

個人的に作った畑の収穫の手伝いをさせたり。

簡単な読み書き計算を教えたりと、何かと触れ合う機会は多い。

「リックがサミィ姉ちゃんと一緒に居るなんて珍しいけど何してんだ？」

「調査だよ。今度祭りを開こうと思ってんだけど、やっぱ食いたくない物より食いたい物を腹いっぱい食える方が気分も上がるだろ？　なんでそれを聞いて回ってんだ」

「だったらおれは魔法使いになれるモンが欲しいぞ！」

「んなモンある訳ないだろ」

相変わらずリンは魔法使い関連一択だな。これはある意味俺のぐーたら道に匹敵するほどだが、そんな物が存在するなら今頃どっかの国が天下統一を果たしてるんじゃないかな？

「ルッツのおっさんが見つけて持ってくるかも知んねーじゃん！」

「はいはい。じゃあ一応聞いておくな。他にはないかー？」

「本。沢山」

体当たりしてくるんじゃないかというくらいの勢いで要求を告げたリンに対し、おずおずといった感じで手を挙げたシグはぽつりとつぶやいた。

「……一応祭りなんだけど？」

「本。沢山」

ブレないなぁ……。まぁ、といっても用意出来ない物じゃないんでいっか。

「内容は冒険譚とかがいいのか？」

「勉強のがいい」

「了解。他になんかあるかー？」

とりあえず聞いてみたけど、具体的な要望が出たのはこの2人くらいからで、他の子供からは特にあんまり具体的な案は出なかったから、とりあえずなんか遊び道具になりそうなモンをピックアップするとしますか。

「そんじゃ次行こうかー」

「リックー。忘れんじゃねーぞー」

「おー」

しつこいリンの要求に生返事をして逃げるようにその場から飛び去る。

「しかし、子供達はあまり欲しい物がなかったみたいだね」

「違うよサミィ姉さん。欲しい物がないんじゃなくて、何があるか分かんないから答えられなかったんだよ」

こんな村で暮らしてるせいか、この世にどんな物が存在してるのかなんて分かる訳がない。だから何が欲しい？　と聞かれたところで答えようがないからな。

「なるほど。そういう理由だったんだね。だったらどうするんだい？　さすがに何も用意しない訳にはいかないだろう？」

「うん。だから、適当に玩具《がんぐ》とかを選ぶ予定だよ」

遊び道具であれば大人が教える事が出来るんじゃないかなと考える。

もし目論見が外れても、最悪俺が教える事が出来る。これでもおっさんとして数々の遊具に触れてきてるから、中世テンプレ異世界にある物であれば何とかなるだろう。鑑定魔法もあるし。

「これで後は……練兵場だけかな」

「だね」

道中でゾンビみたいに畑仕事をしてる連中に話を聞いてきたら、お姉さん方が予想してた通り、酷《ひど》い二日酔いになってるにもかかわらず、酒がいいなどと言い放つ奴《やつ》が多い事多い事。

確か金貨2枚分購入の予定があるんで、こっちが無視したところで結果的に喜ばれる予定だから、サミィと話し合ってこの件はちゃんと無視する事に決まりました。

「おーやってるやってる」

「す、凄い激しいんだね」

練兵場に近づくにつれ、二日酔いゾンビ共が徘徊《はいかい》して非常に静かだった村内と違って徐々に騒々しさが増す。

そうして全貌《ぜんぼう》が確認出来るくらいの距離になると、ちんたら走る腕っぷし自慢の村人の後ろからグレッグが怒鳴り声をあげ、手に持ってる槍《やり》を地面に叩《たた》きつけるところだった。

「何をやってるウスノロ共！　死にたくなければ走れ！」

怒声と共に土煙が上がり、周囲を覆ってた結界にその破片がパチパチ当たり、それにサミィが若干ビクッとしたんで、分かりやすいように結界に色を付けてから並走するように下降。

「やっほーグレッグ。頑張ってるー？」

「少年――とサミィ嬢とはまた珍しいお方がやって来ましたね。どうしたんです？」

俺が声をかけるとグレッグは足を止め――る事が無いんでそのまま並走を続ける。

「実は臨時収入があって、そのお金で祭りを開こうってなってね。それに対して、あれが欲しいこれが欲しいって要求が無いかを皆に聞いて回ってるんだよ」

「なるほど。それでワタシを始めとした連中にも聞こうという訳なのですね」

「なので、グレッグさんも何か要望があればと思って」

そういえば、10年生きてきてグレッグが腕っぷし自慢の村人に訓練をつけるための器具以外に何か欲しいって聞いた事が無いな。酒も飲まんし浮いた話の1つも聞いた事が無い。

「特にありませんね。強いて挙げるんであれば、あの無能共が一人前の兵士となる事くらいでしょうかね」

「それはお金だけじゃ難しいね」

金を払ってより効率的な訓練環境を整える事は出来るかもしんないけど、ゲームじゃないんだからそれだけであっという間に強くなれる訳なんて無いからね。

「ええ。なのでワタシは大丈夫です」

うーん。本人が大丈夫って言うんであればこれ以上は何も言わないけど、一体何を楽しみに生きてるんだろうかと不思議でならない。

「グレッグは何もいらないっと」

「後は訓練してる皆に話を聞いておしまいだね」

「どうせ酒でしょうから、このまま帰ってもらって構いませんよ」

「ならそうする」

酒かぁ……それなら、追加購入すればいいだけの簡単な仕事だな。

「じゃあこれで全員かな？」

「そうだね。何とか昼食までに終える事が出来て一安心だよ」

「じゃあそろそろ帰ろっか」

「ちょっと待ちなさいよ！」

さっさと帰ってぐーたらしたいなーと踵《きびす》を返したら、アリアが大声で立《た》ち塞《ふさ》がった。

「ビックリしたー。急にどうしたの？　アリア姉さん」

「あの魔法使いがアンタと話したいって。だから相手してあげなさい」

アリアが指さす先には、じーっとこっちを見てる少女獣人が居る。

「アリア姉さんがそういう事をするのって珍しいね」

「あの男と訓練するための条件よ。だからさっさとあっち行きなさいよ」

「「あー」」

その発言に納得したし、サミィも腑《ふ》に落ちたようだ。アリアが急にそんな事をするから変な物でも食べたのかと心配だったけど、恐らく強者であるチャラ獣人との手合わせのためってなったら、あぁよかった、いつものアリアだと確信が持てる。

「別にいいけどさ。勝手に人をダシに使わないでもらえるかな？」

俺の事情を無視して約束を取り付けるのは人としてどうかと思う。

「いいじゃない。同じ魔法使いなんだから、話したらアンタの役に立つ事もあるかもしれないでしょ？」

「……姉さんにしては珍しく、理に適《かな》った反論だね」

といっても、俺は他人の魔法に興味は無い。これだけ使いこなせるようになったのはあくまでぐーたらするためであって、ここを訪れた魔法使い冒険者の方にはあっても、俺に他人から学ぶ事なんて何も無いんだがね。

「だから話し相手になってやんなさい」

「はいはい構わないですよ。って訳だけど、サミィ姉さんはどうする？」

一緒に帰るっていうなら結界を張ったままある程度快適な環境を用意する気はあるけど、1人で帰るっていうなら止めたりしない。

「そうだね。ボクはここに居ると迷惑になりそうだから帰らせてもらおうかな」

「分かった。じゃあこのメモは俺が持って帰るね」

じゃあここでサミィとはお別れだが、さすがに合計でどのくらいの重さになるか分かんない土板を持って帰らせる訳にはいかないから、これは俺が持って帰るしかない。

「助かるよ」

「なんのなんの。手伝ってもらっただけでも十分だからね」

サミィを見送って、アリアと2人きり。さてどうするのかと思って見てたら——

「……昼になったら教えなさい。昨日みたいな方法でやったらぶっ飛ばす」

「はいはい。分かりましたよ」

つまり、体《てい》の良い時計代わりって事か。

しかし……熱中すると俺の声は全く聞こえなくなるからなー。手始めにグレッグに頼んで、それでもダメだったら魔法で強引に止めればいいか。ぶっ飛ばされるのは閃光《せんこう》オンリーだからな。

「待たせたわね！　今日こそ一発叩き込んでやるわ！」

「子供は朝から元気だねぇ。ま、こっちも雑魚《ざこ》魔物ばっかで体が鈍《なま》ってたから丁度いいんだけどな」

アリアは木剣片手に斬りかかり、格闘スタイルの獣人――確かギンだったっけ？　はあくびを噛《か》み殺《ころ》しながらそれを平然と受け止める。おおぅ……あの一撃を受け止めるとはやるなぁ。

その一方で――

「何をちんたら走ってやがるウスノロ共が！　そのスライムにも劣る愚鈍な動きが戦場で通じると思ってるのか！」

「その通りだ！　この程度の準備運動で音を上げていては戦場ですぐに死ぬぞ！」

激闘が繰り広げられている横では、相変わらず鬼軍曹っぷりを発揮するグレッグと村の未来の領主軍候補達が死屍累々《ししるいるい》といった様子で歩いてるのか走ってるのか分からない速度で蠢《うごめ》いてる。

そんな中に、平然と走り回っている大男が1人。パーティーリーダーの獣人だ。

「ちょっとグレッグ。あの人って護衛依頼を受けた冒険者だよね？　なんで一緒の訓練受けてるの？」

「あれですか？　ここはロクな魔物も居ない平穏な地ですからね。体力を持て余しているのではないですか？」

「まぁ、本人が納得してるならいいけど……強制した訳じゃないよね？　王都に戻った時に悪評広められるのは困るんだけど？」

他を知らんから何とも言えないけど、グレッグが行う訓練は見た感じ非常にハードだ。そこにまたとない対人訓練だとか何とか言いくるめてあのリーダーを強制参加させたとあっては冒険者達からの評判が落ちかねない。

そうなると、当たり前だけどこの村までの護衛依頼を受けてくれる冒険者が居なくなるだろうし、売り上げにも影響があるかもしれん。そうなったらようやく最低限人間らしい生活を送れるくらい豊かになったのに、貧乏に逆戻りではないか！

「安心してください。彼は勝手に訓練に参加しているだけですので」

「あっそ」

ならいいか。自発的に参加したなら怪我《けが》したところで自己責任。まぁ、おばばの傷薬はよく効くから多少の怪我ならすぐ治るでしょ。

ぐーたらライフに立ち込めるんじゃないかと思っていた暗雲は一瞬のうちに綺麗《きれい》さっぱり消え去った。

憂いが無くなった。これで悠々とぐーたらに専念出来ると土板に寝っ転がると、強烈な視線を感じる。渋々目を開けてみたら、すぐそばに獣人魔法使い――アカネだったか？　が眠そうな半眼で俺をジッと見つめていた。

「えーと……なにか用？」

「話、する」

「……あぁ！　そういえばそうだったね」

あまりに興味が無さすぎて本当に忘れてた。いやーうっかりうっかり。

「魔法だっけ？　何が聞きたいの？」

「リック様、詠唱速い」

「そうだけど……それが何？」

「どうやった？　教えて」

しかし久しぶりに聞いたなぁ。このフレーズ。

俺が薬草を卸す事で多少儲《もう》けが出るようになった頃、ルッツが幌《ほろ》も無い荷馬車から幌付きの馬車数台にグレードアップするのと同時に、商品の安全を考えてか護衛として冒険者を雇うようになった。

中にはもちろん魔法使いも、片手で数えられるほどだけど居た。なので興味本位でどんなもんなのかと色々話を聞いたら、どいつもこいつも10歳の俺と比べてビックリするくらい弱かった。

それを聞いて思ったね。万が一にも、異世界転移もので確実といっていいほど目にするスタンピードなんかが起きた時、こんな連中しか居なかったら、俺が駆り出されないとも限らない。

であれば、自己流ではあるけどこの技術……と呼んでいいのかよく分かんないけど、これを教えてやれば、1、2年くらいで使いものにはなるだろう。幸いな事に、相手側も俺の魔法にめっちゃ驚いて、色々聞いてきた。

最初の頃は色々と努力したけど、次第にぐーたらの心が勝ってきて、今となっては同じ答えを返す事にしてる。

「詠唱面倒臭いわーって思いながら訓練する。魔力は空っぽにすると少し増える」

実際俺もそうやって魔力量が増えたし、詠唱も必要なくなったからな。単純明快で非常に分かりやすい。

何せ赤ん坊の頃は激烈に時間があったし、空っぽにして意識を飛ばそうがよく寝る子だねぇ……ってくらいにしか思われんから絶好の機会だった。

詠唱も長かったら面倒だし、口に出す必要があった場合は超恥ずいと思って、適当にやったら自然とそれでＯＫになったんだ。それで駄目なら他をあたってくれと言いたいところだけど、大抵の魔法使いは礼を言ってきたんで大丈夫だろう。

「魔力を空にする。危険」

「知ってる。でも、ここには雑魚魔物しかいないし、過剰なくらい戦力があるから平気でしょ？」

スライムは年がら年中ボーッとしてるし、キノキノコは人を見るとむしろ逃げていくタイプの魔物で、唯一ホーンラビットだけが角で刺されたりするから危険とはいえ、あいつは魔物１００匹の中に１羽居るかどうかってくらいレア。

それに、この村は俺の魔法で結構頑丈に守ってあるんで、ホーンラビットごときが侵入する可能性はゼロだ。じゃなければ天気がいいからって理由で中庭でぐーすか寝てらんないっての。

「分かった」

「あーちょっと待って。魔法を空にするのに便利な道具があるから貸すよ」

ポケットから取り出したように見せかけて亜空間から取り出したのは、真っ黒な石。

「なに？」

「簡単石」

　これを握ってるだけでぐんぐん魔力が吸われてあっという間に空になるから、魔力量を増やすには絶好のアイテムだとフェルトに貰《もら》ったんだけど、今となっては1個だけじゃ吸われてる感覚が無いんで、最近は10個程度を寝る前に使って魔力を可能な限り消費してる。

「あり――」

「タダって訳にはいかないのは、世の常だよ」

　亜空間に大量に保管してるから、1つ貸すくらい痛くも痒《かゆ》くもないけど、どんな世の中だろうと、赤の他人ならギブアンドテイクじゃないとね。

「お金？」

「明日、明後日《あさって》くらいに村で祭りをやるから、その手伝いをしてよ」

「分かった」

「じゃあどうぞ」

　石を手渡した途端、アカネが白目をむいて倒れそうになったんで魔法で支えて急ごしらえの椅子に座らせる。

「懐かしいなー」

　俺もフェルトからこれを譲ってもらった当初はよくぶっ倒れてたっけ。それが何カ月もすると、睡眠時間以外は1日中起きてられるようになったなぁとしみじみ。

　とりあえず今日1日握らせとこう。そうすりゃ、多少なりとも魔力の最大値みたいなのが増えるだろうから要望には応えた形になるし、いずれ起きるかもしれないスタンピード的なものに引っ張り出される面倒も減るでしょ。

さて、話し合いも終わったし、これで悠々とぐーたら——いや、どうせなら魔道具を作るか。

道具や材料は亜空間の中だから、一旦《いったん》ここを離れないとな。

「グレッグー。ちょっとこの魔法使い見張っててもらっていいー？」

「うん？　別に構いませんが、寝ているのですか？」

「今修業中だから」

「……寝ているようにしか見えないのですが？」

「魔法使いの修業はそういうもんだよ」

適当な理由をつけて一旦家まで。

道中でサミィを拾って、自室で亜空間から適当に資材と道具を手に練兵場へとんぼ返り。こんな事なら、少女獣人をウチの裏庭まで引っ張ってきた方が手間が省けた。これはまだまだぐーたら道の精進が必要だな。

「さて……」

昨日は着火の魔道具を作った訳だけど、今回は、夏に向けて冷房を作ろうと思います。その第1段階として、まずは送風の役割をする風の魔道具から。

最初に、昨日と同じく鉄板に風魔法の魔法陣を刻み込んで魔力水を充填《じゅうてん》。魔石板を使ってスイッチにすればわずか10分で完成。

早速風力がどのくらいか試してみると、家庭用サイズで作ったのに、学校の体育館なんかで使う大型サイズレベルの強風が吹きつけて、一瞬でオールバックになったし砂ぼこりも舞い上がってゲホゲホせき込む。

「強すぎんだろ」

これはこれで使い道はあるけど、家庭で使うにはさすがに強すぎるな。もうちょい弱めにするには魔力水の量を減らせばいいのかな？

「お。いい感じ」

何度か量を調節して、家庭用の強風くらいに収まった。後は別の鉄板に氷属性の魔法陣を――魔法陣を――

「うん？　氷属性が無いな」

よくよく確認してみると、今回受け取った本の中に記されてたのは火・水・土・風の四属性で、5・2・1・3と全部で11種類の魔法陣。その中に俺の使える光・闇・時空・氷・雷が載って……ない⁉

なんて事だ……これじゃあ、俺のぐーたらライフの実現が遅れるじゃないか！

「リック様ちょっといいネ？　砂糖の件で話あるヨ」

扇風機の風を浴びながらションボリしてると、ルッツが練兵場までやって来た。砂糖の件で話があると言いつつも、その顔はガッツリ扇風機に向いてる。

「砂糖？　他になんか話す事あったか？」

「あるネ。あの砂糖は、これからも同じ量を卸せるかいう事を聞きたいヨ」

「毎回は無理だね。魔法である程度収穫時期を短縮出来るといっても、成長するのに時間がかかるし、俺はぐーたらしたいから熱心に作るつもりはない。何より、村の女子連中が許さない。そのために、砂糖と一緒に作り方を売ったんだよ?」

砂糖に加えて、甜菜《てんさい》の育成方法から砂糖の精製方法まで。詳細を記した羊皮紙数枚を、金貨10枚+口止め料で売り払ったんだ。小規模といえど商会を立ち上げてるルッツならなんとかなる――いや、何とかしてもらわなきゃ困る。

「無茶言わないで欲しいネ。確認したけど、あの施設作るのに金貨が100枚あっても足りないヨ。ガラス潤沢に使うほど、ワタシの商会そこまで余裕無いネ」

ガラスは御多分に漏れず高級品――まぁ俺は土魔法で作れるから値段は知らんけどね。それをふんだんに使い、育成に適した気温に潤沢な栄養を蓄えた土壌。魔法が使えなきゃそれを用意するのは至難の業。黒い数字を帳簿に記入するには長い年月掛かるだろうね。

「まぁ、別に売らない訳じゃないんだから頑張って」

「リック様――」

「ガラスを売る程度ならいいけど、どうしても、この俺に王都までついてきてほしいっていうなら、金貨120枚持ってこい。そうすれば引き受けてやろう」

半月もかけて王都に行くとなれば、当然畑の世話が出来なくなる。だから、120ってのは工賃+迷惑料だ。それが嫌ならガラスを買ってくればいい。そっちは動く必要がないんで、格安で受け付けますとも。

まぁ、買ったとしても、それをここから無事に運び出せるとは思えないけどね。

転移で多少なりとも外の世界を見てるからな。路面が滅茶苦茶デコボコしてんのは予習済みなので、ガラスが運べないのは百も承知なのさ。

「……分かったヨ。それで、今度は何作ったネ」

「風の出る納涼魔道具ー」

「おー。確かに涼しいネ。馬車に付けたら熱期も辛《つら》くないヨ」

熱期ってのはいわゆる夏の事。春は明期。夏は熱期。秋は灰期。冬は冷期。ってな感じで一応四季が存在するけど、広大な大陸じゃあ平等な四季が来る場所は限られてる。

ちなみにウチは熱期と冷期が年のほとんどを占める非常に暮らしにくい地域です。

「ところでさ。貰った魔道具の本に狙ってた氷属性の魔法陣が描いてないんだけど、どういう事？」

「当然ヨ。氷属性扱える魔法使いなんて、ワタシ知ってるのリック様くらいネ。だから魔法陣無いの多分当然ヨ」

なんてこった。つまり、冷房を使って夏を乗り切る案が一瞬でご破算となってしまったではないか。俺が居るから屋敷は相変わらず快適空間に出来るけど、村人はそうはいかなくなってしまった。

「どうしようルッツ。村人が出て行くかな？」

「……急に何を言ってるか理解に苦しむヨ」

とりあえず、俺のぐーたら未来予想図を軽く話したら、ルッツは本当にバカな人間を見たって表情で「そんなんで居なくなる方がどうかしてるヨ」と言われてしまった。

ここに来る道中に村や町が合計で5つあるそうなのだが、ルッツ基準だと我が村はその中でも2番目に豊かで、安全性でいえばぶっちぎりトップなんだとか。

理由の1つに俺の存在がある。

複数の属性魔法を広範囲・長期間展開出来るおかげで畑は凶作知らず。おまけに餓死どころか飢える心配の無いほどの食料が毎月配布されるが、これに関してはいずれは打ち切る事をキッチリ村人達に報告してるので今のうちだけの特権みたいなもんだが、これもかなり特殊な事例なんだってさ。

「でも寝苦しいくらい暑いのとか凍死するくらい寒いのって嫌じゃない？」

「熱期も冷期もそういうものネ。誰もどうにか出来る思てないヨ」

「ウチでは熱期はずっと氷魔法で、冷期は火魔法で温度を一定に保ってるよ」

「……どうりで快適だ思たネ」

「そうしないと寝れないしアリア姉さんがストーブだと寒い寒いってうるさいから自然とね」

訓練している時は暑かろうが寒かろうが汚れようが欠片《かけら》も気にしないくせに、いざそれが終わるとすぐに水魔法での風呂《ふろ》とは名ばかりの洗濯を要求するし。それが適温じゃないと暴力を振るってきたり文句をたらたら流すので、水と火のコントロールは土属性の次くらいに自信がある。

「とにかく。普通の村人はそう簡単に居なくなったりしないから安心するいいヨ」

「ちなみにだけど、魔石って買える？」

「もちろんヨ。ワタシ扱ってない。けど冒険者協会に頼めば手に入るネ」

「じゃあ長持ちする魔石1つお願い」

「承ったけど1つでいいネ?」

「とりあえずはね」

夏は諦《あきら》めるとしても、冬はさすがに見過ごす訳にゃあいかん。夏に死んだりする事例はこの村ではゼロだけど、冬の凍死は数えきれないほどあるからな。ストーブは薪《まき》代が結構かかるのに対し、魔石であれば日々充填すれば長持ちするだろう。

「……それにしても、よくいつまでもやってられるよねー」

さっきからノンストップでアリアとギンはやりあい続けてるし、リーダーの方もグレッグと一緒になって村人に訓練を行っている。今まで訪れた冒険者の誰よりもアグレッシブだ。

「リック様はアカネと――うん? なんでこんなところで寝てるネ?」

「ああそれ? 寝てるんじゃなくて魔力を増やしてる最中」

「ワタシには寝てるようにしか見えないヨ。一体どうなってるネ」

「手に黒い石握ってるの見える? それが魔力を吸い取るんだよ」

「……呪いの石ネ?」

「俺は簡単石って呼んでるよ」

何せ握ってるだけで魔力量を増やす事が出来るんだ。これを簡単石と呼ばず何と呼ぶ。ぐーたら第一主義の俺的には神の石として大々的に崇《あが》め奉りたいけど、勘違いを引き起こして面倒な事になりそうだから、仕方なくそう呼んでるにすぎない。

「死ぬ危険は無いネ?」

「無いと思うよ？　俺がこうして生きてるのが証拠でしょ？」

「……あまり無茶させないでほしいヨ」

「それは本人次第かな？」

俺もぐーたらするために相当な無茶をした。アカネも強くなりたいって気持ちが強ければ村にいる間はずっと寝てる事を選ぶかもね。まぁ、飯の時くらいは起きてもらいたいんで起こすけど、トイレばかりはどうしようもない。せめてもの情けとして、見つけた場合は魔法で可能な限り処理させてもらおう。

「それなら任せるネ。ところで、どうやって起こすヨ？」

「おばば特製の魔力回復丸を使う」

その昔は、俺が畑の栄養を補充をするたびにぶっ倒れてたから、ルッツに頼んで薬草を仕入れてもらい試しに作ってもらっていた。これがまぁとんでもなく苦い。数日は何を食っても味が感じられないくらいの激ニガ薬だが効果は抜群。

あっという間に魔力が増えて使わなくなったけど、亜空間には一定数がまだ活躍の場を求めて息をひそめている。これを使えば魔力が空になってトんだ意識も一発で叩《たた》き起《お》こす事が出来る優れ物。

ただし本当に苦い。

「それなら問題ないネ。ところで、そろそろお昼になるけど大丈夫ネ？」

「あれ？　もうそんな時間か。忠告ありがと」

魔道具をいじってると時間があっという間に過ぎてくなぁ。さて……ちゃんとお昼を食べないとエレナに叱られるんで家に帰るとしますかね。

「リック様。アリア様放っておいていいネ？」

「んぁ？　そうだったそうだった」

危なくアリアを忘れていくところだった。ちょっとだけ無視して帰りたい衝動に駆られるけど、それをやると後が怖いんで仕方ないがあの激闘に水を差すとしますか。

「……塹壕《ざんごう》&水流」

ルッツの手前なんで簡潔にだけど詠唱すると、アリアとギンが暴れまわってる辺りに一瞬で25メートルプールくらいの穴が開けば当然落下は免れないけど、そのための水流だ。

「わぷっ⁉」

「ぶわっ⁉」

ロクに抵抗出来ないまま水に落ちた2人を、水流で流しながら土魔法でこっちに向かって掘り進めればあら不思議。1歩も動く事無くアリアがそばに寄ってきたじゃありませんか。

「お昼ご飯の時間だよ」

「アンタねぇ……なんで普通に止めらんないのよ！」

「何度も説明したよね？　普通にやっても止まらないからだって」

アリアは熱しやすい。両親の声であれば何とかなるけど、下に見てる俺の声は微塵《みじん》も届かない。

なので魔法による実力行使が一番簡単だ。何せ動く必要が無いんだからね。

「おいおいおいおい……あんな一瞬のうちに馬鹿デカい穴に大量の水を満たせるって、お前とんでもない魔法使いだな！」

「ありがと。それよりもご飯の時間だからアリア姉さんを返してもらうよ」

「構わねぇぜ。アリアだっけ？　若いのに大した実力だ。さすが英雄の血筋だな」

「……」

「それは違うよ。姉さんの実力は姉さんの努力によるものだよ」

確かに救国の英雄ヴォルフの血筋ってのはあるかもしんないけど、才能だけでやっていけるほど人生ってのは甘くない。必死に努力を重ねて血豆を何度も潰《つぶ》しながらようやくここまでの力を付けたんだ。

それを血筋の一言で片付けられるのはいかに脳筋アリアといえど可哀《かわい》そうだ。

「フンッ！」

「痛ッ⁉　なに？」

「なんでもないわよ」

「じゃあ殴らないでよ」

「うっさいわね。それよりも家に帰るわよ。母さんに怒られちゃうじゃない」

「なんなんだよまったく……」

酷《ひど》い目に遭った。わざわざヴォルフの娘だからって言葉に不満そうだったから反論してやったってのに、暴力で返されるとは思いもしなかった。

第7章

「「ただいまー」」

「おかえりなさーい。ちゃんとご飯の時間に帰ってきたわねー。あら？　アリアちゃん何かいい事でもあったのー？　嬉《うれ》しそうよー？」

「きっと冒険者と心行くまで訓練出来てるからでしょ」

朝飯食って訓練。昼飯食って訓練。夕飯食って訓練――はさすがにエレナに止められるだろうけど、1日の3分の2くらいを訓練に費やす予定なんだ。冒険者を目指すアリアにとって、そこそこの実力者であるあの連中を相手に出来るのは楽しくて仕方が無いんだろう。

「フンッ！」

「あっと危ない。そう何度も当たらな――うわっ⁉」

「隙だらけよ馬鹿」

く……っ。やはり魔法があんまり使えない家屋内では圧倒的に分が悪い。頭を狙った一発目は何とか回避したけど、二発目になる足払いを避《よ》けるなんて魔法を使わなきゃ俺には無理。あっさりと尻もちをついた。

「なんなんだよまったく……母さん。アリア姉さんを怒ってよ」

「うふふー。仲睦《なかむつ》まじいわねー」

「今のどこをどう見たらそんな感想が出てくるのさ」

暴力を受けた現場を目の当たりにしたはずなのに、エレナは頬に手を当ててなんかニッコニコしてる。これ以上文句を言ったところで話が通じそうにないんで泣き寝入りしよう。この恨みは外に出た時に晴らせばいい。

非常に納得のいかない一幕を終え、手洗いうがいを済ませてリビングに顔を出すと、ヴォルフが何やら難しい顔で手紙を読んでいた。紙ってところにそこはかとなくいやな予感がするなぁ。

「なにそれ？」

「あぁ……報告会の召集令状だよ」

「ご愁傷様」

報告会はいわゆる確定申告みたいなもんで、毎年決まった時期に領主が王都に呼ばれ、自領がどれだけの利益もしくは損失を出したかの報告を行い、同時に貴族同士の親睦《しんぼく》会みたいなもんをやるらしい。

当然ながら我が家は成り上がり貴族として非常に嫌われており、一部の軍閥貴族と嫁に行った2人の姉が居るところ以外からはハブられているのだとか。

そんなところに毎年行かなくちゃなんないヴォルフ——ひいては家族は大変だなぁと内心合掌する。

「その事なんだが……今年はリックに同行してほしい」

「……一応聞くよ。なんで？」

「陛下がお前にぜひ会いたいと仰《おっしゃ》っているからだ」

ヴォルフによると、当初国は、こんな僻地《へきち》だからしばらくは無税として領地経営を軌道に乗せてもらい、それから少しずつ税を上げていこうと考えていたらしいんだが、こんな土地じゃあロクに作物なんて育たない。気候のせいで毎年人が死ぬ。当然ながら十何年もロクに税を納める事が出来なかった。

そんな状況がほんの7年前。俺が魔法を使って無茶をし始めたあたりからグンと収穫量が増え、今では指定量の麦を税として納められている。急にどうやって？　と考えるのは至極当然。で、昨年の報告会で理由如何《いかん》を問い詰められた結果、俺の存在を暴露。その実力に興味を持った国王が、俺に会いたいと。

「なーるほどねー」

自業自得っていえばそれまでだけど、率直な感想はすげー面倒臭い。これに尽きるね。危機的状況にちょっとぐーたらを急ぎすぎた結果、自分の首を絞めるとは修業が足りんね。

「もちろん陛下も無償でお前を召集するつもりは無いそうだ。何かしら褒美を与えてくださるそうだぞ。これは非常に名誉な事なんだからな」

「名誉かどうかはどうでもいいけど、何かくれるっていうなら行ってもいいかな。それに、嫌だと言って父さんに迷惑かけるのは嫌だしね」

俺個人は、王様なんてどうでもいい派。だから、別にどう思われようが興味無いけど、これでも一応貴族の息子だからね。少なくとも、成人するまではある程度我慢しようじゃないか。

「随分とあっさり納得するんだな。てっきりごねるとばっかり思ってたがな」

「ごねて結果が変わるならごねるけど、無理でしょ？」

「ああ。さすがに陛下の願いを無下にするのはな」

「だったら諦めるよ」

何を言ったって王都に行くしかない以上、最大限ぐーたらにとって出来る事をやるしかない。この場合はどれだけいい褒美を引っ張ってこれるか。これに尽きる。

「分かった。しかしそうなると、心配なのは畑の世話と飲み水の確保だな」

「そうだねー」

俺が魔法で畑で作物を育てられるようにしてから7年。ようやく国に税として納めてなお、食いっぱぐれる事が無いくらいの収穫が出来るようになったってのに、ここからひと月も魔法によるバフが無くなると、どうなってしまうのか分かったもんじゃない。

それに水もだ。この領地はほとんど雨が降らないし、川なんてご大層なモンももちろん無いので、昔はルッツから水も買っていたらしい。

それが今じゃあ、俺の水魔法で大量に作れるから飲み放題だし、水浴びしたって問題ないが、それの供給がひと月無くなるのは自殺行為に近い。

「どうにかならないか？」

「どうにかって言われてもねー」

そんな事が出来るならとうの昔にやってるって。俺のぐーたらに対する強い思いを馬鹿にしないでほしいね。

「あらー。随分前にー、水脈があるとか言ってなかったかしらー？」

エレナの助言に、あぁ……そういえばそんなのあったなーと思い出した。

毎日魔法で水を入れるの面倒だなーとコッソリ調査してみたら、村からかなり遠い場所に水脈はあるのが分かった。それをヴォルフとエレナに報告したら、成人するまではそんな遠くに行っちゃ駄目とNGを食らい、ついでに説教されたやつだろう。

「水脈から水路なら引けるけど、成人するまで村の外に行ったら駄目って聞いてるよ？」

「そうだったな。なら、ルッツに頼んで護衛の冒険者を貸してもらえるよう交渉しておく。畑の方はどうだ？」

「畑に関しては、多分何とかなると思う」

ゴブリン討伐で隣村に行くのが決まってるから、そこで祭りのための食材なりを購入するついでに、畑に必要な物も買うなりすれば、魔法と比べれば劣るだろうけど、ひと月程度なら頑張ってくれるんじゃないかな？

「でも、品質は絶対に落ちるから、その辺は諦《あきら》めてよ」

「陛下にもその辺りはご理解していただいている」

「なら、面倒臭いけどやるよ」

折角税を納めても、村人全員が1日3食食べられるという最低限の生活環境が整い始めてきた矢先に、ただ会いたいって理由だけで行かなくちゃなんないなんて、本当に嫌だなー。

「すまないな」

「いいよ。王都にも少し興味あったしね」

「……随分とあっさり決めるのね」

一通り話がまとまり、ようやくご飯にしますかとエレナが席を立とうかどうかといったところで、アリアが急にそんな事を言ってきた。これには家族全員が不思議そうに首をかしげ、なんでかその視線が俺に向けられてる。聞けってか？

「アリア姉さん？　急にどったの？」

仕方なく問いかけてみると、なんでかジロリと睨《にら》まれる。相変わらず理不尽だ。

「アンタの事だから、嫌だってごねるところじゃないの？」

「仕方ないじゃん。王様の命令だし。何より、褒美くれるっていうから行かなきゃもったいないじゃん？」

「だったら誰がお風呂《ふろ》の用意とか、ご飯の時間を教えてくれるっていうのよ」

「えー……」

なんで急に口を開いたのかと思えばそういう事かよ。それを聞いたヴォルフ達は、口元が緩んで笑いをこらえるのに必死らしい。被害が無いからっていい気なもんだよまったく。

「自分でやりなよ。お湯を沸かすための着火の魔道具はあるし。水汲《みずく》みも、父さんとの訓練が無くなる代わりとして、足腰の鍛錬に丁度いいじゃん」

俺が居なくなっても特に問題がないだろうと伝えてみたんだが、アリアの眼光は鋭いまま。ヴォルフ達はムカつくくらい笑みを浮かべてるし。

「……もういいわよ！　じゃあさっさと行けばいいじゃない！」

「はいはいそうしますよ」

やれやれ。理不尽にアリアにキレられたが、とにかく王都へ行くのが決まった以上は、ぐーたらライフのために最大限に活《い》かしたい。そのためには、王様からの褒美を何にするかだな。金をふんだくるのはもちろん、可能であれば氷の魔法陣だな。それが手に入れば、冷房を作って熱期を快適に乗り切る事が出来る。

後は、王都の店という店を歩き回り、ぐーたらに有益な物はないか探すのもやんないとな。多分そう何度も足を運ぶつもりはないから、この1回で決めたい。

「はいはーい。お話はそれくらいにして、ごはん運んでちょうだーい」

「はーい」

今日のご飯は食材がたっぷり入ったスープにベーコンを挟んだパン。旨味《うまみ》が十分に感じられるとても美味《おい》しい食事でした。

「さて……それじゃあリックも王都に行く事になった訳だが、その前に水路を作ろう。どのくらいで完成させる事が出来る？」

「そうだねぇ……現場の状況次第かな？」

あくまで土魔法で探知しただけだからな。現場がとんでもない場所だったら数日はかかるだろうし。逆に何にも無い荒れ地だったらその日のうちに終わるかもしれない。

「そうか。なら今すぐルッツに話をつけに行くか」

「洗い物してから行ってちょうだいねー」

「はーい」

という訳で、ちゃんと食器を洗い終わってからヴォルフと共に村へ。宿なんかは無いけど、ルッツが来た時のための専用の家はちゃんと建ててある。

「ルッツは居るか？」

「ここに来るには珍しい組み合わせネ。一体どうしたヨ？」

「リックの王都行きが決まったんだが、その間の水不足を解消するために、これから村の外に水脈を調べに行かないといけなくてな。悪いが冒険者を貸してくれないか？」

「別にワタシは構わないヨ。ついて来るネ」

ルッツの案内で家の中に入ると、すぐそばにあったテーブルでリーダーとチャラ獣人がなんか飲んでる姿があった。

「「っ!?」」

こっちを確認するなり、リーダーの方が勢いよく席を立ち上がろうとしたのを、いつの間にかすぐそばに移動したヴォルフが、その肩に手を置いた。

「畏《かしこ》まった態度は好きじゃない。そのままで構わん」

そう言うと、チャラ獣人から感嘆したように口笛がなる。

「さっすが英雄サマ。全く捉《とら》えらんなかったです。それじゃあお言葉に甘えて」

「おいギン！」

「気にするな。そんな事よりお前達に用がある」

「私達にですか？　何でしょう」

そこで、ヴォルフが端的に事情を話す。

「どうするネ？　ワタシはおまえ達の自由に任せるヨ」

「であれば、私はその依頼を受けても構いませんが？」

「おれっちはあの嬢ちゃんに稽古《けいこ》つけてやる約束があるから」

「ちなみに、アカネはまだ寝てるから無理ネ」

という訳で、水路工事について来るメンバーはリーダーに決まった。

「さて。それじゃあ行こうか」

「道中の護衛はお任せください」

俺はいつも通りのラフな格好でいる一方、リーダーは何故《なぜ》かフル装備でがっちり固めていた。

正直そこまでガチガチにならなくても大丈夫な魔物しか出ないんだが、かなり慎重な性格らしく、万が一が起きた時に盾になるためには必要だと頑として受け入れなかった。

「夕飯までには帰ってくるんだぞ」

「分かってるって」

時間は厳守。じゃないとエレナに怒られる。これはぐーたらの次に大切な家訓。

「じゃあ行ってきまーす」

水源までは……どのくらいだったかな？　距離も場所も前すぎて全然覚えてない。

とりあえず、さっさと終わらせたいからトップスピードで適当に探そうかなーと、土板を加速させる。

「うわあああああ！」

大した速度でもないのに、隣のリーダーが叫び声をあげる。うるさいのは嫌だから、仕方なく徐々にスピードを下げ、時速20キロ程度で大人しくなったんで、ちんたら進む事に。

「り、リック様……少々速すぎではありませんか？」

「地面から近いからそう感じるだけだよ。俺からすれば遅い遅い」

何も無い荒野で飛んでるのは俺達だけ。おまけに見通しがいいのに原付より遅い速度で飛んで事故を起こすなんて、どうやったら出来るんだと言いたい。

なので、これ以上遅くするつもりは全く無い。あんま遅すぎると、今度は夕飯に間に合わなくなるからな。もしそうなりそうだったら、問答無用で日本の法定速度を超えるスピードでかっ飛ばす。

「しかし……本当に魔物の姿がありませんね」

「そりゃそうでしょ。こんなところに居られるのは死んでる連中くらいじゃない？」

一応村の近くには森と呼べるような呼べないような場所があり、そっちであればまだ魔物の姿が確認出来る機会もあるだろうが、こっちはマジでなんも無い。本当に見渡す限り枯れ果てた荒野しかないんだから仕方ない。

「とはいえ、何が現れるか分かりません。しっかりと護衛の任はお任せください」

「別にそこまで気張らなくてもいいと思うけど……」

とはいえ、リーダーの生き方を否定するのはお門違いだしね。やりたいようにやらせればいいでしょ。俺のぐーたらライフの邪魔になる訳でもなさそうだしね。

「ところで、その水脈というのはどのくらい先にあるのでしょうか」

「えーっと。ちょっと待ってね」

エレナに水脈の事を言われてようやく思い出すくらい完全に頭の中から消えてたんで、当然場所なんて覚えてはいなかったけど、ヴォルフはきちんと記録を残してくれてたようで、地図を渡された。

「これによると……もっとだいぶ先っぽい」

「では、まだこれに乗り続けないといけないのですね」

「冒険者なんだからこの程度で怖がってどうすんだよ！　もっと嫌な事とか辛《つら》い事とかあるだろうに……」

朝早く起き。

金になる依頼を探し。

必死にそれをこなし。

いくばくかの金を得て。

泥のように寝る。

ブラック企業も真っ青の労働体系は、話に聞くくらいなら大変だねーと言う事が出来るけど、それを実行に移せと言われたら本気で嫌だ。

過去に護衛依頼でやって来た冒険者達に、俺ならあっという間に金級の冒険者になれると太鼓判を押されたが、俺は話を聞くのが好きなのであって実践したい訳じゃあない。

それに、ネットも漫画も無い世界で大金を稼ぐ必要性が無い。飯を食うに困らない程度の稼ぎがあればそれで十分よ。

「到着するまで暇だからなんか話してよ」

「話……ですか？」

「そ。冒険者をやるのは嫌いだけど、話を聞くのは好きだから」

「そういう事でしたらダンジョンの話などいかがでしょう」

おぉ……ダンジョンか。

これまでも何組かの冒険者がその手の話をしてくれた事があったが、この世界のダンジョンの攻略難度はかなり高いっぽいってのが分かっている。訪れた冒険者達が弱い可能性も捨てきれないけど、その辺はエンタメとして聞いてるんで真偽は割とどうでもいい。

「どんなダンジョンに行ったの？」

「我々が足を踏み入れたのは大陸北部にあるダンジョンですね。主に獣系統の魔物が出現するので、難度は普通といったところでしょうか」

「霊体や不死者のダンジョンは魔法使いが居ないとどうにもならないって聞いた事があるけど、行ったりした？」

「一応教会で光魔法の加護を受ければ攻略は可能でしょうが、そのためのお布施など我々銅級にはとても払えませんし、アカネ1人では手が足りませんので」

「なるほどね。ちなみにだけど、ダンジョンから魔物が出てくるとかないの？」

「そういった情報は今まで聞いた事はありませんね」

ふむ……そうなるとこの世界のダンジョンはスタンピードが起きないタイプのダンジョンなのかもしんないな。これは朗報だ。俺が引っ張り出される可能性がぐっと減ったんだからな。

「なんかいい宝物とか手に入った？」

「この盾がそれにあたりますね」

「よくそんなデカい盾振り回せるね」

リーダーの体格はかなりいいんだが、それと同程度の巨大すぎる盾は明らかに取り回しが難しそうだ。さすがのリーダーでも、片手で持つのは無理っぽい分厚さだけど、普通の人なら両手だろうと難儀するレベルの盾だ。よく平気な顔して持ってられるなと感心するばかりだ。

「実は重量が軽くなる魔法陣が刻まれている魔道具なんですよ」

「え？　じゃあリーダーも魔法使いなの？」

「いえ。これは内部に魔石が装着出来るようになっておりまして、そこにアカネに魔力を充填《じゅうてん》してもらっているのです」

どれどれと盾を貸してもらうと、確かに内側にはこの領地じゃ絶対にとれないだろう大きさの魔石で作ってあるっぽいグリップ部分はあるが、肝心の魔法陣はどこにも見当たらない。

「魔法陣は？」

「ギルドで鑑定してもらった限りでは内部にあるらしいです」

「分解しちゃダメ？」

「さすがにそれはお許しください。その盾は今や我々が銅級として活動するための生命線ですので」

なんでもこの盾は重量軽減の他に、トロールっていう5メートルを超える巨人の一撃すら防いでしまうほどの防御力があるらしい。もちろんそのためには魔石にため込んだ魔力を大量に使う必要があるらしいけど、話を聞く限りだとかなりの有能アイテムだ。

「じゃあしょうがないね」

「ありがとうございます」

しかし……重量軽減に防御力増加か。となるとだ。属性魔法以外にもそういう魔法陣があるって事だよな？　ならそういう魔道具なり、詳細を記した本なりが存在しているかもしれない可能性があるんじゃね？

「リーダーのおかげで国王からふんだくる物が決まったよ」

「国王陛下から物をふんだくるって……」

ひと月――いや、きっと数日滞在するだろうと考えればひと月半くらいか。正直それだけの期間村から居なくなるのは不安で不安で仕方ないが、ヴォルフは大丈夫だという。本当かなぁ？

「急だけど、うちの村ってどう思う？」

「どう……とは？」

「栄えてる？」

「ええ、まぁ……正直村としてはかなり栄えているのではないかと」

「おべっかとかじゃなくて？　俺からするとまだ貧しいと思ってるんだけど」

「リック様がどの程度の生活水準を思い浮かべているのか分かりませんが、しっかりとした家屋に豊富な水に肥沃《ひよく》な畑。おまけに優秀な薬師に月に1度あれだけの規模の商隊が行商にやって来て食料などが無償で提供される。これに文句を言うのは貴族くらいではないでしょうか」

思った以上に高評価だ。俺としてはまともに飯が食えなきゃ働いてくれないだろうと思っての事なんだが、この世界にとっては想像以上にホワイトな提案らしい。

「そんなもん？」

「そんなもんです。疑うようでしたら村人に聞いてみるといいでしょう」

「そうしてみるよ。じゃあそろそろ速度を上げるよー」

「ま、まだ上げるのですか！」

「ちんたらしてたら夕飯に間に合わなくなるかもだしねー」

ってわけで倍速。


「はーい。到着ー」

ちんたらしたせいで片道2時間もかかって到着した場所は、相も変わらず荒れ果ててるけど、水脈があるっぽい場所らへんだけは小さめの木がぽつぽつと生えてて、地面にもうっすらとだけど草が生えてる。どうやらここで間違いなさそうだけど念のために地面に触れて調査してみると、村から探った時より詳細に水の反応が確認出来る。ここで間違いないらしい。

「さて……と。それじゃあ始めますか」

まずは土魔法で木をどかす。なんとなしにバラバラに配置するより密集させて配置した方がいいかなと思うので、適度な距離にはするけど一応一か所にとどめ、次に貯水湖とするための掘削を開始。

「あ、あっという間に大地が掘り返される」

「こんなもんかな?」

とりあえず50メートルプールくらいのサイズで一旦《いったん》止めて、今度は水脈に向かって深く深く掘り進める。

「今度は何をしているのですか?」

「水脈に向かって掘り進めてるところ。それで? 魔物は平気?」

「……一応現れましたね」

リーダーにつられて目を向けてみると、そこにはキノキノコが5匹。だけどなんかあわあわしてるように見えて特に危険を感じないな。

「多いね」

「おそらくリック様が発見された水を求めての事でしょう。奴《やつ》らはわずかな水気があれば生きていける魔物ですので」

「なるほど」

つまりあれだ。俺達の水場が無くなった！　って事に慌ててるんだろう。この地はただでさえ水場らしい水場は無いからな。そんな土地でわずかながら水気を感じられる場所に人工の大きな穴が作られてしまったんだから。

ううむ……こうなるとなんかこっちが悪い事をしてる気になってきたな。

「ではさっさと駆除しますね」

「ちょっと待った」

「どうしたのですか？」

「放っておいていいんじゃない？　別に危険は無いんでしょ？」

「それは確かにそうですが……よろしいので？」

「万が一襲ってきたら撃退してよ。なんか悪い事してる気分になるからさ」

そう言ってキノキノコ達を見ると、肩を寄せ合って震えており、それを見たリーダーも何とも言いがたい表情となってしまっている。

まぁ、アリアだったら容赦なく殲滅《せんめつ》するだろうね。あれはそういう性格だ。

「……まぁ、確かに」

「だから放っておいていいよ。邪魔になったりしないし」

って事で、移動させた木の近くに魔法で水を撒《ま》くと、あれだけ怖がってるように震えていたキノコ達がスキップしながらそっちに行き、木の幹に寄り添うように腰を下ろす。

「……騙《だま》されたかな？」

「かもしれませんね。殲滅しますか？」

「いいよ。邪魔してこなければ。それに、そろそろ終わる」

こうして話をしている間も淡々と掘り続け、ようやく目的の場所まで貫通した。あとは水が上がってくるの待つだけだ。


ゴゴゴ……。


「来た来た。ちょっと離れようか」

「そうしましょうか」

何か起こった場合でも魔法でどうにかなるけど、だからって動かないで何かしらの被害を受けるのは嫌なんで、いつも通り土魔法の板に乗っかって10メートルほど距離を取り、何の気なしにキノコ達の方に目を向けると、連中もちゃっかりと距離を取ってやがる。キノコのくせして抜け目のない。

「意外と知能がありますね」

「だね」

うっすらと聞こえていた地鳴りが次第に大きくなり、地面が揺れ始めて5分ほど経《た》った頃、念願の水が間欠泉みたいに大量に噴き出した。でも、ちょっと思ったより噴き出す量が多いな。

「おぉ……随分と大量の水ですね」

「だね。ちょっとこのままだと受け皿が小さすぎるね」

かなり巨大な水脈にぶち当たったみたいで、雑談をしながら作った貯水池がかなりの速度で満たされていくんで急遽《きゅうきょ》範囲を拡大。50メートルプールを二回りくらい大きく作り直す事になったんだけど、水が満たされる方が早いな。あっという間にあふれ出す。

「失礼します」

「ありがと」

リーダーがひょいと持ち上げて距離を取ってくれたおかげで水にぬれずに済んだが、キノキノコ達はその水量を目の当たりにして軽く小躍りしてる。まぁ、こっちも誘われて踊りだしたりしないなら危険がある訳でもないから放っておこう。それよりも水を確保する方が大切だ。

「こんなもんかな」

辺り一帯がかなり水浸しになったけど、とりあえず十分すぎる量の水は確保出来たと思う。あとはこれを村まで運んでいくだけだけど、果たしてそこまで水がもつかどうかが不安だなぁ。

「じゃあ水路を作りながら帰ろっか」

「分かりました」

という訳で再び土板に乗り、村に向かって飛び始めながら水路造りを同時進行で行う。

村人皆で使用するって事を考えて、幅は2メートルくらいの深さ1メートルにする事に。

「うーん……やっぱ造りながらだと遅いね」

「普通、これだけの規模の貯水工事を行うのであれば１００人規模の大事業なのです。それをたった1日で完成させてしまおうというのはどう考えてもおかしいとしか思えません。リック様の魔力量は常人の域をはるかに超えております」

「そりゃあ沢山ないとぐーたら出来ないし、そもそも魔力を増やさないと生きていけなかったからね」

この村は俺がいなけりゃ遅かれ早かれ廃村になっていた。そこから最低限人が暮らしていけるくらいの村にするためにはどうしたって魔力が必要だったから増やしただけで、結果論にすぎない。

「ぐーたらですか……それにはどういった意味があるのですか？」

「好きな時に起きて好きな時に好きな物を食べて好きな時に好きなだけ寝る生活を送る事をそう言うんだよ」

「そ、そうですか……。願いが叶《かな》うとよいですね」

「叶うとじゃない。叶えるのよ」

こいつ……今絶対に怠惰だろうってニュアンスに近い事を考えてるだろうな。ワーカホリックの冒険者には理解出来ない概念だろうから特に何も言わん。

そんな事よりだよ。今までは遅々として進まなかった歩みだけど、魔道具の導入でそれが一気に進むはずだからな。そっちの方が滔々《とうとう》と語ってやるより重要だ。

まずは夏に向けて冷房——は村に水を引くからそこに飛び込めるプールでも作っておけば何とか

なるだろうから、とりあえず麦の収穫が楽になる物でも考えるか。

「……そういえば、あのキノキノコ達はどうしましょうか」

「放っておいていいんじゃない？　別に悪さする訳でもないし、増えすぎて困る事もないでしょ？」

「まぁ、その通りですね」

あれは、魔物の中でもスライムと最底辺代表の座を争えるほどの魔物だ。正直あんな真似が出来るとは全く思わなかったけど、別にあそこに居座られたとしても影響は無いだろう。

万が一村にやって来たとしても、グレッグをはじめ村の自警団連中のいい戦闘訓練代わりになるのが関の山だろう。

「しかし……いつも軽々駆除していたキノキノコにあのような知性があるとは思いもしませんでした」

「まぁ確かに。スライムやホーンラビットと比べると圧倒的に頭がよかったね」

普通に現れた時は馬鹿だなぁと思ったが、こっちが少しでも近づこうとすると怯《おび》えたり命乞《いのちご》いっぽい動きをしたりと、知恵が回るせいか意外と感情表現も豊かで、魔物相手だっていうのに罪悪感が出るほど。

なので、人間相手に多少効果があるかもしれないけど、魔物相手には意味が無さそうなのが、キノコの限界かな？

「あれは報告なさるので？」

「一応はね。とりあえず害は無いから放っておいてもいいかなって思う」

「分かりました」

そんな雑談をしながら戻ってきたのは夕方。夕飯にはギリギリ間に合った。

◇◇◇

「リック起きなさーい！」

「うぐえっ⁉」

バァン！　と戸が勢いよく開けられたなーとぼんやりと考える暇もなく、アリアのフライングボディプレスが直撃。念のためにと常時結界を張ってなかったら、きっと今頃は口から内臓を吐き出してたかもしんない。

「いきなりなにすんだよ！」

「朝よ！　そして魔物退治の時間よ！　だからさっさと起きなさい！」

予想はしてたけど朝からウザいくらいにテンションが高《たけ》ぇ。こんなアリアには多少の文句を言ったところで一切通じないどころか、むしろさっさと準備をしろと強引に着替えさせられたり朝飯を口の中に突っ込まれる——のはエレナが許さんか。

とにかくさっさと起きるかとベッドから起き上がっていつものルーティーンで窓を開けてみたら日が昇ってるかどうか分からんくらい真っ暗だった。

「ちょっとアリア姉さん。父さんとか起きてんだよね？」

「アタシが起こしたから起きてて当たり前じゃない」

うわー。ご愁傷様です。いつもと違って1日間を置いたりなんかしたから、アリアのテンションが限界突破してそんな暴挙に出させてしまったんだろう。

一応、この状況を見るにエレナに説教された訳ではなさそうだから、元々の起床時間に近かったのか。それとも何か別の理由があるのか。

まぁ、どうでもいいか。

そんな事を考えながらパパッと着替えを済ませ、引きずられるようにリビングに行ってみると、随分と眠そうなヴォルフに平常運転っぽいエレナ。どうやらサミィはこの被害を免れたらしい。代わってほしい。

「おはよ。父さん母さん」

「ちゃんと起きてきたかリック」

「まぁ。危うく殺されかけたけどね」

「大げさなのよ。あの程度で人が死ぬ訳ないでしょ。それより母さん。朝ご飯とお昼と夜のお弁当出来てる？」

「まだよー。リックちゃんがお手伝いしてくれないとー」

「じゃあお願い。父さん！　魔物退治の前に軽く準備運動したいんだけど！」

「そうか……それじゃあ少し手合わせするか」

エレナと違って随分と眠そうなヴォルフは、元気すぎるアリアに腕を引かれてリビングから出て行った。あの調子ならワンチャン1本取れるんじゃないか？

「それは難しいでしょうねー。お父さんもあれで強い人だからー」

「あれ？　声に出てた？」

「そう言ってるような顔をしてたからよー」

うーむ。こっちとしては無表情のつもりだったんだがさすがエレナといったところか。

「とりあえずお弁当作ろっか」

「そうねー」

さっさと作らないとアリアがいちいちうるせぇからな。あー。本当に冒険者の仕事ってのは面倒臭いよなー。

「じゃあ何から作る？」

「リックちゃんは何か考えがあるかしらー？」

「そうだねー」

なんか弁当に向いてる料理か……パッと思いつくのはおにぎりだけど当たり前ながら米が存在してないってなると、やっぱサンドイッチじゃなかろうかって事でいいだろ。

「サンドイッチ——色々な具材をパンで挟んだ料理がいいんじゃないかなーって」

「じゃあそれで構わないわー。お母さんはさっぱりだからー」

さて、サンドイッチを作る事が決まった訳だけど、具材どうすっかな。

「とりあえず具材持ってくるから、母さんはパン作ってもらっていい？」

「任せなさーい」

急ぎ足――は面倒なんでいつも通り土板に乗っかって倉庫までひとっとび。

「あらリック様。こんな時間に起きてるなんてどうしたんです？」

誰も居ないだろうなーって思ってたら、なんか普通に村人が数人居て逆にビックリ。

「ちょっと食材取りに来たんだけど、皆ってこんな時間に起きてんの？」

「ええ。大体皆日が昇ると同時くらいに目を覚ましますね」

何気なく聞いたらまさかの返答。

村人の発言に、俺は改めて貴族に転生する事を選んでよかったと再認識する。

毎日こんな時間に起きて、あんな時間まで畑仕事をしているんだろう？　飯だって貧相で、休憩時間なんて微々たるもの。

どこを切り取ってもぐーたらが無い。そんな生活、今の俺には絶対に考えられない。もしまかり間違って平民なんかに転生してたら……マジで過労死コースだったじゃねぇか。たとえ貧乏でも、貴族って素晴らしいよね。

でも、リーダーに言わせれば、これでも村人からすればとても満ち足りた生活らしいのが本当に信じられない。

「そうなんだ。まぁ、これからも頑張ってね」

「？　はぁ……分かりました」

そう労《ねぎら》いの言葉をかけて、倉庫から数種類の乾燥野菜と干し肉を手に、土板に乗って家まで戻る。

「リックちゃんお帰りなさ——あらー？　どうしたのかしらー。随分と嬉《うれ》しそうに見えるわよー？」

「ちょっと色々あってね。母さん……俺を生んでくれてありがとう」

「本当に何があったのー？」

こうして貴族としてぐーたら出来る幸せを、エレナに感謝したらなんだか気味悪がられてしまったが、伝えたい事は伝えられたんで良しとしよう。

「まずは干し肉を細かく切って鍋《なべ》で煮込む」

干し肉を直接煮込めば、塩味が元からついてるから味付けの手間が省けていいよね。

「次に、ある程度干し肉が柔らかくなったら乾燥野菜をみじん切りにして鍋に投入」

トマト・玉ねぎ・人参に蕪《かぶ》。これらを１ミリ角くらいに風魔法で切って、じっくりコトコト煮込む。

「そうして出来たこれを、パンで包めば出来上がり」

正確にはサンドイッチじゃないけど、まぁ似たようなもんでしょ。初めての料理なんでとりあえず味見。うーん……まぁまぁかな。水で戻したって言ってもやっぱ干し肉だっただけあってかったい。

「……あらー。少し食べにくいわねー」

「じゃあひと口で食べられる大きさにしよっか」

一応まとまりやすいように、ジャガイモから取った片栗粉でとろみをつけてみたんだけど、大きなサイズだとこぼれるっぽいんで食べやすいサイズにしたのを土魔法で作った弁当箱に詰め込めば完成かな。

「それじゃあ2人を呼んでくるけど、サミィ姉さんはどうするの？」

「一応起きてるよ」

俺達は、隣村からの依頼で魔物討伐の準備をするために早起きしてるわけで、サミィをこれに巻き込むのはどうなんだろうと思っての発言だったんだけど、いつの間にかサミィがキッチンに居るじゃないか。

「サミィ姉さん。起きてたんだ」

「まぁ、アリアがあれだけ賑《にぎ》やかだからね」

昨日の今日でまた迷惑をかけるとか学習能力が無いのかな？　まぁ、たった1日早めに起こされたからといって、今すぐ寿命を迎えるとか、貴族的にデメリットになるとかが無いから説教も出来ないよなぁ。

「おや？　今日もリックが食事を作ったのかい？」

「うん。サミィ姉さんも味見する？」

「折角だしいただこうかな」

ひと口サイズのサンドイッチ――いや、包みパンを皿にのせて差し出す。

「……うん。結構美味《おい》しいじゃないか」

どうやらサミィの口にも合ったらしい。今更まずいと言われたとしても味の調整は無理なんで、我慢して食べてもらうしかないけど、その心配はなさそうだ。

「さて。それじゃあ俺は2人を呼んでくるから、母さん達は料理を運んでねー」

「分かったわー」


さて、今回はどうやって止めようかなーと内心ほくそ笑んで裏庭に顔を出してみると、むすっとした顔のアリアと困った表情で頬を掻《か》いてるヴォルフが。

「どったの？」

「そっちに聞けば！」

怖ぁ……なんか知らんけど滅茶苦茶怒ってんじゃん。大好きな訓練をしてたはずなのにここまでブチ切れしまくってるって事は、相当な理由があるんだろうなーって事でヴォルフに目を向ける。

「いやーその……なんだ。ちょっと失言をしてしまってな」

話はこうだ。

いつもより数時間も早い訓練に、前日は二日酔いに加えて書類仕事を夜遅くまでやってたせいで、ヴォルフは寝不足で若干寝ぼけ眼だったらしい。

そんな中でも、アリアとの訓練でいつも通り剣術の稽古《けいこ》をつけていたらしいんだけど、寝ぼけ眼の夢うつつという状態のせいで、つい「もっと加減するか？」と言ってしまい、それがアリアのプライドを傷つけてしまって、ああしてふてくされてしまっているんだそうだ。

「どうしてそんな事を言ったのさ」

俺の目には——まぁ、ほとんど視認出来ないんだけど、アリアは順調に強くなってるんじゃないかなと思う。

それなのにもっと加減するか？　とか聞かれたら不機嫌にもなるわな。俺だってぐーたら神に昇段の条件を緩くするか？　なんて聞かれたら愕然《がくぜん》とするわ。

「少し昔の夢を見ててな。リック……どうにかならないか？」

「今は無理だね」

朝飯を食って魔物討伐にくっついては来るだろう。前者はエレナが怖いから。後者は久しぶりの魔物討伐依頼だから。でも機嫌は直らない。これは魔物討伐でヴォルフがどれだけ褒めたって無理だろう。きっと機嫌取りとしか捉《とら》えられないだろうからね。

なんて事を説明すると、ヴォルフはがっくりと肩を落とす。

「そうか……いや失敗だった」

「まぁ、一応母さんやサミィ姉さんにも手伝ってもらえるように説明するけど、少しは怒られる事覚悟してね」

「自分で蒔《ま》いた種だ。受け入れるさ」

さて、次はアリアかな。俺がなんか言ったって意味が無いかもしれないけど、後でヴォルフから話は聞いたのに、アタシから聞かなかったじゃない！　とか言いそうだからな。

「アリア姉さん。ご飯の時間だよ」

「……」

「別に父さんだって悪気があった訳じゃないんだし、許してあげたら？」

「うっさい！　アンタにアタシの気持ちなんて分かんないでしょ！」

「当たり前じゃん」

俺とアリアは別の人間だし、性格も考え方も違う。なんで分かると思われてるのか全く理解出来ないんだけど？

そんな返答が返ってくると思わなかったのか、アリアがなんかすごいビックリした顔をしてるんだけどどういう事だろう。

「……アンタさぁ。こういう時は分かるよって言わない？」

「言わないよ。だって分かんないし」

ぐーたらや魔法関連であれば助言なり出来るかもしんないけど、肉体言語・剣術については言えるものも無ければ覚える気も無いんだ。俺に聞かれたって求める答えは出てくる訳なくない？

「凄《すご》いわね。堂々とそう言われるなんて考えてなかったわ」

「逆になんで魔法使いの俺に分かるって言われると思ったの？」

「……はぁ。アンタに当たっても仕方ないって事だけは分かったわ」

「そうなんだ。でも実際どうなの？　やっぱり本気でぶつかってほしいの？」

「当たり前じゃない。救国の英雄って言われた父さんの本気を見てみたいじゃない」

「でも、本気でやられたら訓練にならなくない？」

訓練っていうのは、何かしらの行動に対して少なからず成果が得られるものだと俺は思ってる。なので、ヴォルフが本気でアリアに訓練をつけたところで、意味が無いと言い切れる。目で見る事が出来ないと何の参考にもならなくて糧になんないでしょ。

「……いや。アタシなら反応して対応出来るはずよ」

「じゃあ試してみよう。父さーん。ちょっといい？」

一旦《いったん》ヴォルフを召喚。事情を話して本気の剣術を披露してもらう事に。実験体は俺が土魔法で作った硬い円柱。これを可能な限り短い時間でぶっ壊してもらいたい。

「……行くぞ」

「待った。魔法使わないと」

「そこまでやるのか？」

ちらっとアリアを見ると、まだ不機嫌ながらも力強く頷《うなず》く。

「……アリアが使えない力を使うのは気が進まないんだがな」

と言いつつもちゃんと詠唱をして全身に力強い魔力が渦巻き、少し腰を落として剣に触れた——と思ったら結構ガチガチに強化したはずの石柱が一瞬で3分の1程度の細さにまでなった。

「おおー。さすが父さん。何も見えなかったけど凄いね」

「……全て粉砕出来なかったのが気に入らんな」

「問題はそこじゃないんだからいいじゃん。それで？　何とかなりそう？」

不満そうなヴォルフから目を離してアリアに向き直ってそう聞いてみると、いつも以上に眉間《みけん》にしわを寄せ、肩を震わせてこぶしをぎゅっと握りしめながら俯《うつむ》いてる。

「……どうにもならないわよ」

「でしょ？　まぁ、父さんも悪かったけどさ。アリア姉さんの成長のためを思っての発言だったたって事で、少しくらいは許してもいいんじゃない？」

別に完全に許してやれと言ってる訳じゃない。ヴォルフだっていつもと比べてどのくらい早いか分かんないけど、アリアに叩《たた》き起《お》こされて半分寝てるような状態で訓練に付き合ってたんだ。

内容までは分かんないけど夢を見てたと白状してたし。そうなんだとしたら、多少なりとも暴走したアリアにも責任があると俺は思う。

「……嫌よ」

頑固だなー。互いに歩み寄ればいいのに、そんなに弱いって遠回しに言われたのが気に入らないなんてね。

「とりあえず朝ご飯食べよう。父さんにムカついてるのは別に構いやしないけど、さらに母さんに叱られたりしたくないでしょ？」

「それはそうね」

どれだけ不機嫌でもそこだけは守らないとね。ヴォルフよりエレナが強いというのは家族間では共通認識だからね。

という事なんで、いまだにふてくされてるアリアを連れてリビングに戻ると、当たり前だけどエレナやサミィに何があったんだと——何故《なぜ》か俺が問い詰められた。事情を説明すると、ようやく矛先がヴォルフの方に向いた。

「あなたー？　言っていい事と悪い事があるのが分からないのかしらー？」

「父さん。さすがにそれはアリアの事を馬鹿にしすぎてるよ？」

エレナは少し圧のある笑顔で。サミィは眉間にしわを寄せてヴォルフに滾々《こんこん》と説教をしてるその横で、俺とアリアは黙々と飯を食う。

「今日のはアンタが作ったの？」

「よく分かったね。お昼も俺のだよ。まぁ、これと同じだけどね」

「別にいいわよ。味も悪くないし」

そんな感じで食事の時間が終わり、さてぐーたらしようかなーとテーブルに突っ伏してたら、アリアに襟首を掴《つか》まれて引きずられるように家の外へ連れ出される。

「ねぇアリア姉さん。いつも以上に扱い酷《ひど》くない？」

「アンタが居ないと始まんないでしょうが」

「もう少し食休みしたかったのに……」

どうせ説教ももう少しかかるんだしさ。と言いかけた辺りでぐったりとしてるヴォルフが出てきた。

「じゃあエレナ。後の事は任せたよ」

「分かったわー。ちゃんと無事戻ってくるのよー」

エレナとサミィに見送られ、行きたくもない村の外へと出発する事に。

「ふあ……っ。まずは村に寄るんだっけ？」

「ああ。一応父さん達が来た事を知らせて巣の位置を教えてもらわないとな」

これが面倒なんだよねー。ルッツから依頼書を手渡されてはいるけど、正式に依頼を受理した訳じゃないからいちいち手続きしなくちゃなんない。

すぐに終われば何も言わないんだけど、これがまた時間がかかるんだよなー。俺的にはぐーたら出来ていいだろ？　とか思うかもしれないけど、あの村にはこっちの村に無い物ばっかりがあるせいでアリアに連れ回されるんだよ。

なんか買うんならまだしも、金が無いから単純に数店舗を見て回るだけ。それに付き合わされるのが滅茶苦茶面倒なんだよな。

２人共、スピードにビビるような人じゃないんで、遠慮なく土板をぶっ飛ばしてあっという間に村の入り口に到着。そこを守ってるんだろう革鎧《よろい》に粗末な槍《やり》を手にしてるおっさんとヴォルフが握手を交わす。

「アリア様とリック様も元気そうで何よりです」

「俺は元気じゃないけどね」

絶賛ぐーたら力が減り続けてるんだ。これで元気だと宣言したらそれはもうぐーたら道を歩む者として破門されても仕方ないんじゃないかな。

「……」

「うん？　なんだどうした？」

「あー。姉さんは機嫌が悪いだけだから無視して大丈夫だよ」

「そうか。荷物の確認――はいいか」

武器の類いを除くと、荷物らしい荷物はちょっと前に作った包みパンが入った弁当箱が３つだけだから、確認といっても蓋《ふた》をパカッと開ければそれで済む程度だし、何より達成困難な依頼を片付けてくれる相手だ。多少のお目こぼしくらいないとね。

こうして無事に村の中に入った訳だけど、今日はいつもと違って人が少なく感じる。乗合馬車が停まっているはずの場所にもその姿は無いし、馬車も持てないような旅商人が露店を開いてたりするんだけど、今日はやってないみたいだ。

「なんか随分と静かだね」

「ゴブリンの巣なんてものが近くにあるんだ。乗合馬車でここを離れた奴《やつ》もいれば、情報に敏《さと》い商人なんかは問題が解決するまでまず近づかないだろうな」

「そんなに大事《おおごと》なの？」

「規模にもよるが、巣が出来たともなれば確実に上位種が居るからな」

「ふーん……」

確かに。集団の中にひときわ大きな魔力が感知出来るけど、村に居る銅級の魔法使いよりも上だから、強いって事にしておこうか。

「じゃあ父さんはギルドに行くが、ついてくるか？」

「行く訳ないじゃん。俺あのおっさん嫌いだし」

短い時間かもしれないが、ヴォルフが戻ってくるまでの間に少しでもぐーたらして失ったぐーたら力を取り戻さないといけないし、前に興味本位で同行してみたけど二度と行きたくないと思ったな。

「……そうか。手続きが終わったらここで待ってるから、用が終わったら戻ってくるように」

「はいよー」

ここで一旦ヴォルフとは別行動。残った俺は丁度いい木陰を見つけたんでそこでぐーたらするかと思ったら襟首を掴まれた。

「ちょっと付き合いなさい」

「父さん帰ってくるまでぐーたらしたいんだけど？」

「いいから来なさい！」

「へいへい……」

どうやら俺自身に用があるらしい。ズンズンと地面を踏み鳴らすような足取りで村の奥へ奥へと突き進む。


一体どこまで行くんだろう？　面倒臭いなーと思ってたらようやく足が止まったけど、辺りを見渡してもなんも無い。民家と民家の間の通路。

「で？　何なの？」

「……父さんの事よ」

「あぁ。加減がどうのこうのって話？　それがどうかしたの？」

「あの発言を取り消させたいのよ」

「頑張ればいいんじゃない？」

そもそもヴォルフは、訓練の際にアリアの年齢に合わせた加減をしていたと俺は思う。

俺が赤ん坊だった頃、アリアも今よりもっと未熟だったから、ヴォルフの訓練はもっとほのぼのとしてたように記憶してる。

子供のチャンバラごっこみたいで、型も何も無い滅茶苦茶に剣を振るだけのアリアに対し、かなりデレデレしてたような記憶のヴォルフは随分とゆっくりとその剣を受けてたし、最後の方になるとわざとその一撃を受けてやられたふりなんかもしてたっけ。

そんな頃と比べれば加減は随分と緩くなってると思うんだけど、そういうのを覚えてないのかな？　それともそういうのを抜きにして気に入らないって事なのかな？

「頑張ってるじゃない！」

「そうなのかもしんないけど、俺にはとうの昔に目で追えない領域だから、違いが全然分かんないなー」

いつの頃からか、アリアの動きは視認出来なくなったし、ヴォルフの利き腕も肩から先が全く見えなくなってるからね。最初と比べるならまだしも、目で追えなくなってからどれだけ成長してるのかなんて、俺に聞かれても本当に困る。

「……もういいわよ。だったら、どうやったらアタシの実力を父さんに見せつける事が出来るか考えなさい」

「俺が？」

「他に誰が居んのよ」

「アリア姉さんが自分で考えなよ」

「出来ないから聞いてんでしょ！」

一応考えたっぽいけど、いい考えが思い浮かばなかったから俺に白羽の矢が立った訳か。まぁ、考えが無い訳じゃないからいいんだけどね。

「なら簡単だよ。父さんの前で上位種のゴブリンと戦ってみせればいいんだよ」

「馬鹿言ってんじゃないわよ。そんなの父さんが許す訳ないじゃない」

アリアの言葉はもっともだ。

この村からの依頼は何も今回が初めてじゃないし、過去にはオーガの上位種、名前は興味が無いんで覚えてないけど、とにかく結構ヤバい魔物が出た時には、興味無いのに見学させられたりもした。基本そういうのはヴォルフが仕留めるって暗黙のルールみたいなのがある。

しかし、今回は勝算アリだ。

「確かにアリア姉さんの言う通りだけど、今回はやらせてくれる可能性があると俺は思うんだよ」

「……詳しく聞かせなさいよ」

興味津々とばかりに詰め寄ってきたんで仕方なく説明。

今現在、アリアとヴォルフの関係はかなり悪い。まぁ、ヴォルフが失言をしたから仕方ない部分もあるけど、万全の状態で魔物と戦いたいがために、朝早くにヴォルフを叩き起こしたアリアもまた悪いという意見を俺は変える気は無い。

そんな関係の改善をヴォルフは望んでいる訳で、今であれば多少のわがままが通る可能性が高い。

例えば——ゴブリンの上位種との一騎打ちとかね。

もちろん渋るとは思うけど、いざとなったら俺が魔法で動きを止めたりそのまま代わりに討伐しちゃったりも出来るし、そこで上位種を討伐する事が出来れば十分すぎる強さのアピールになるはずだ。

「——とまぁこんな感じなんだけど、どう？」

「……悪いけど、そうなったらアンタの出番は無いわよ？」

「いいよ。むしろぐーたらしたいからアリア姉さんに頑張ってほしいくらいだし」

「アンタにしてはいい考えね。何としても成功させなさいよ」

「努力はするけど、成功したら姉さんにはゴブリンの骨を拾うのを手伝ってほしい」

「そんなの拾ってどうすんのよ」

「畑に蒔《ま》くんだよ。王都に行ってる間の俺の代わりにね」

「仕方ないわね」

何でやれやれって態度なのか分かんないけど、とりあえず方向性は決まったんで後はその通りにするためにヴォルフを説得しないといけないが、ここが結構難問なんだよね。

女限定だが、ヴォルフは結構な子煩悩なんで、基本的にアリアとサミィの願いは無下には扱わないとしても、今回は危険ってマイナス要素がある。それがあるせいで生半可なやり方じゃあ首を縦に振らない。

これをどうやってヴォルフに納得させるか……機嫌を直す程度じゃまだ弱い。アリアに何かさせるのが1番手っ取り早い。何せ手伝うという言質《げんち》を取ってるんだ。ゴブリンの上位種と戦うのにどこまで身を削れるかが見ものだねぇ。

「あれ？　随分と早かったね」

アリアとの作戦会議を終え、後はヴォルフが戻ってくるまでぐーたらするかと村の入り口に行ってみるとすでにそこに居た。

「随分遅かったじゃないか。一体何をしてたんだ？」

「ちょっと色々見て回ってたんだよー」

「今のこの村になんかあったか？」

「少なかったけどねー。それで？　依頼に問題は無かったの？」

「問題は無かったが、いくつか新しい情報が手に入ったぞ」

そう言って手渡された羊皮紙には、巣の規模とそこの長《おさ》らしい上位種の情報が新しく書き込まれてる。

今回の主はゴブリンジェネラルって中上位くらいの魔物らしいって事と、攫《さら》われた人は居ないって事。前者はどうでもいいとしても後者の情報は結構ありがたいね。

「じゃあ俺の出番は無さそうだね」

「そうだな」

万が一にでも人が攫われてたりしたら、俺が一旦《いったん》魔法で調査に赴いて、こっそり救助するなりしないといけなかったりするから手間がかかってたけど、今回その労働が免除されたのはありがたい。

「では行く――」

「ちょっと待った」

「――どうしたリック？」

「まぁまぁ。とりあえずこっち」

アリアと一旦距離を取って男同士の話し合い。

「アリア姉さんと仲直りしたい？」

「当たり前と答える以外に回答があると思うか？」

「じゃ相談なんだけどね。ゴブリンジェネラル？　あれとアリア姉さんを戦わせてあげてくれない？　そうすればあっという間に仲直りだよ」

「それはちょっと難しいな。ゴブリンナイトくらいだったらその提案も呑《の》めたんだが、ジェネラルともなるとアリアの実力的に勝つのは難しいんだ」

えー……消える速度で訓練してるアリアが勝てないとか、あんなちっぽけな魔力でどんだけ強いんだよ。魔物って不思議～。

「別に勝つまでじゃなくてもいいんだよ。要は、父さんにアリア姉さんはこのくらい成長したんだよっていうのを見せたいだけだからさ」

アリアがジェネラルに勝てる勝てないは、俺からすればどうでもいい。まぁ、酷《ひど》い事を言えば2人の喧嘩《けんか》もどうでもいいんだけど、そうなると家の空気がいつまでも悪く、ぐーたらに影響するから仕方なく行動してるにすぎない。

「馬鹿を言え。万が一にでもアリアが怪我《けが》をしてそれが母さんにバレたらどうする」

「自業自得は無理？」

「死ぬ覚悟があるならそう言ってみろ」

つまりそうなっちゃうって事か。俺は大往生までぐーたらするという使命があるんでその案には絶対に乗れないな。

「じゃあ。そうなる前に父さんが教えてくれたら、俺が魔法で介入するよ」

俺じゃあアリアの動きは全く理解出来ない。だけど、アリアの身に危険が及びそうになったら教えてもらい、速攻で魔法を使って助ける事が出来るくらいには自信がある。何せ無詠唱で使えるんだからね。

「……今」

「……」

ヴォルフの言葉に無詠唱で魔法を使うと、光魔法の結界が俺達を覆うように出現する。

「どう？」

「……若干遅いな」

「詠唱でもっと遅れる父さんよりはマシだと思うけど？」

「馬鹿を言うな。ジェネラルごときは魔法無しでも十分だ」

「だとしてもだよ。父さんが割って入ったら、きっと邪魔されたと思うよ？」

すでに加減のレベルを上げるという失言をしてるんだ。たとえ危機的状況だったとしても、ヴォルフが割って入るというのは、アリアからしたら余裕があったんじゃないかと捉《とら》えられかねない。

その点俺は、すでに2人の訓練が目で捉えられないって事は周知の事実なんで、アリアに文句は言われるだろうけど、魔法で割って入る分には関係が悪化しない算段が高いと思われる。

「だから父さんは、俺が何とか出来る範囲で忠告して」

「……しかしだな」

「じゃあ妥協点。アリア姉さんが危ない状況になったら、周囲の雑魚《ざこ》を倒す際に加減を間違ったふりをして、ジェネラルの腕を1本切り飛ばすってのはどう？」

巣というだけあって、ゴブリンだろう魔力反応がめちゃくちゃ大量に確認出来る。

そんな有象無象《うぞうむぞう》であれば、ヴォルフの横薙《よこな》ぎ一閃《いっせん》で簡単に蹴散《けち》らせるだろうけど、机仕事で若干鈍《なま》ったとかなんとか適当な理由をつけて、ついでにジェネラルに手傷を負わせるくらい救国の英雄なら出来るっしょ。

「お前は本当に10歳か？　どうやったらそんな悪い提案が出てくる」

「これもぐーたら神の神託だよ。そんな事よりどう？　そのくらいしたら、アリア姉さんの勝算も高くなるんじゃない？」

「……その提案を受ければ、アリアは昨日までと同じように接してくれるんだな?」

「可能性は高いよ」

ここで重要なのは絶対とは言わない事。

一応実力を認めさえすれば仲直りするとは聞いてるけど、そこはやっぱ人と人。気分次第で結果が変わるかもしんないからな。

そういう時に断言しなかった事が、俺の無実を証明してくれる。

「まぁいい。それなら、アリアをジェネラルと戦わせる事を許可してやる」

「ありがとねー父さん」

よし。これでようやく森に行く事が出来る。あーあ。なんで簡単な依頼を達成するために俺がこんなに苦労しなくちゃなんないんだよ。

村を出てすぐ。俺は空からゴブリンの巣を襲撃したかったんだけど、これもアリアが冒険者となるための訓練の一環だという事で2人は地道に歩いてるが、俺はそんなブラック職業をやる気はどんな大金を積まれてもないんで土板に乗って後に続く。

「リック。さすがに降り――」

「断る!」

「――はぁ……分かった」

それにしても自然豊かだなー。馬車でたった1日離れるだけでどうしてこんなにも自然が豊かなんだろうなー。これが本当に不思議でならない。

「リック。そんなにキョロキョロしてどうしたんだ？」

「いやー。自然豊かで羨《うらや》ましいなーって」

「まぁ、ウチと比べればそうか──っと、おいでなすったぞ」

いの一番にヴォルフが気付いて視線をそっちに向けると、確かに緑色の肌に下腹が異様に膨れたキングオブテンプレなゴブリンの姿があるがたった1匹で、あっちもこっちとの接敵を予見してなかったのか随分とびっくりしたような顔をしてすぐに背を向けて逃げ出した。

「どうする？」

これでもゴブリンの相手は随分とやってきてるんで、アレを追いかけていけばどうなるのかくらいよく分かってるし、何より魔力の反応でどのくらい居るのかくらいなら、俺でも完璧《かんぺき》に把握出来てる。

「まぁ、追いかけても十分対処出来るからいいだろう」

ヴォルフがそう言うとアリアがすぐさま駆け出していってしまったんで俺達もすぐに後を追う。

ヴォルフの判断を仰いだからゴブリンとは若干距離があったけど、12歳少女という枠組みから大きく外れた身体能力を有してるアリアにしてみればハンデのようなものだし、すでに追いついて背中からバッサリ一刀両──。

「アリア」

ヴォルフの忠告に何も言わずに剣を振って横から飛んできた矢を弾《はじ》き落《お》とし、頭上から襲い掛かってきたゴブリンの一撃を受け止める事なく武器を振り上げて両断した。

「わーお」

「リック次ぃ！」

「造形」

そう怒声をあげると同時に、アリアが手に持ってた武器を放り投げたのを見てすぐに新しい武器を用意して投げ渡すと、少し離れた場所から断末魔の声みたいなのが聞こえたって事は、弓矢のゴブリンをやったんだろう。

最後に逃げていた個体はヴォルフがとどめを刺して終了。

「ちゃんと討伐証明を取っておくように」

ヴォルフはそう言い残すと弓矢を射《う》ったゴブリンの方へと消えていき、アリアはそれに返事をする事なく頭上から襲い掛かってきた奴《やつ》の耳をそぎ落とす。

「ちょっと使いにくいわよ」

「咄嗟《とっさ》にしては十分だと思ってよ」

安全が確保されたんで微調整して、水魔法で血を洗い流すと満足そうに鞘《さや》に納めるのを横目に、土魔法で穴を掘ってゴブリンの死体を放り込む。

「で？　どうだったの。ちゃんと許可取れたんでしょうね」

「ああ。ちゃんと了承してくれたよ」

「本当⁉　何よアンタもやれば出来るじゃない。褒めてあげるわ」

頭をぐりぐり撫《な》でられてると、ヴォルフがゴブリンを手に戻ってきて、穴の中にそれを放り込んだのを確認してから穴を塞《ふさ》いだ。

「じゃあ進むぞ」

「はーい」

相変わらずアリアからの返事は無いけど、ゴブリンジェネラルとの戦闘が出来るという情報を耳にしたからか表情はだいぶ軟化してる。

「ゴブリン多いねー」

あれからズンズンと目的に向かって進んでる訳だけど、これで5回目の接敵となるんで、さすがに面倒臭くなってきた。

戦闘自体は2人があっという間に片付けてくれるから何もしなくていいといっても、剣の水洗い用とゴブリンの死体を埋めるために魔法を使うのがねぇ……。

「それだけ規模が大きいという事だろう」

「あーあ。なんかもう魔法でドカーンと一遍にぶっ潰《つぶ》したいなー」

「んな事したらぶん殴るわよ」

「だからやってないでしょ。あと殴ってから言うの止《や》めてくれないかな?」

痛くない頭をさすりながら穴を塞ぐ訳だけど、最初は本当にただのゴブリンだったが、今回は多少筋肉質のゴブリンが数匹が入ってる。雑魚《ざこ》より1段階上のゴブリンが出てきてたみたいだけど、それが話にも上らないって事は、2人からすればなんも変わってないっぽい。

「終わったなら進むぞ」

「ちょっと休憩しない？」

ここまでぶっ通しで動き続けてるからね。腹も減ってきたし、ここらでそろそろ一休みして飯でも食いたいのもあるけど、1番の理由はしっかりぐーたらしたい！　だ。

「ダメだ。ここで奴らに時間を与えると、父さん達の侵入に気付かれて警戒される可能性が高くなり、討伐が少々面倒になる」

「失敗する――とは言わないんだね」

「所詮《しょせん》ゴブリンだからな」

それでも休憩は認められなかったんで仕方なくそのまま突き進む事に。

「あれだな」

ようやく見つけたゴブリンの巣は随分と立派――なのかなぁ？

木を格子状にして壁としてて、建物は藁《わら》っぽいのをのせた掘っ立て小屋。一応櫓《やぐら》っぽい物もあるけどそこには誰も居ないので無用の長物と化してる。入り口らしき場所にも門番っぽくゴブリンの姿があるけど、だらけまくってて仕事らしい仕事を全くしてないといっていいんじゃないか？　羨ましいな。

「なんか……怠けすぎじゃない？」

「こっちにとっては好都合だ。じゃあ行くぞ」

ヴォルフの号令と同時に2人が飛び出し、門番ゴブリンの首をあっという間に切り飛ばし、そのまま住処《すみか》に突入していったのに遅れて、ふわっと空を飛んで上空から戦況を確認する。

アリアの方は、本能なのか運なのか随分と敵が多いところに居る。

その中には、今までの雑魚ゴブリンなんかと違って体格がよさそうな上位種だろう存在も確認出来るけど、1対1なら一瞬で死体に変わる。複数体同時に襲い掛かってこられればさすがに足が止まるみたいだけど、結果は何も変わらない。魔物側が死体になるだけ。

なんて大立ち回りを演じてても、どこから矢が飛んできてるのが分かってるかのように軽々弾き落とす。

まぁ、それでもヴォルフに敵《かな》わないんだけどね。

こっちは、アリアとジェネラルとの一騎打ちの邪魔をさせないように、立ち塞がるゴリマッチョなゴブリンだろうと、魔法の心得があるっぽいゴブリンだろうと意に介す事なく斬り倒して突き進んでる姿は、さすがと言わざるを得ないかな。

そんな風に戦況を確認してる俺は何をしてるかと問われると、一応魔法でのサポートとして、アリアの強さに恐れをなして逃げ出そうとするゴブリン共を巣の中に閉じ込めて、2人と離れた場所に居る奴を追い込んだりしてます。勝手に倒したのがアリアにバレたら理不尽にキレられるからね。

そうして一通りゴブリンを狩りつくしたアリアは、休憩する事なく飛び出す。目的はゴブリンジェネラルだけど、そっちはすでにヴォルフが接敵してて、その猛攻を軽々避《よ》けながら取り巻きを1匹1匹処分してる。

「お」

そうこうしているとようやくアリアが追いついた。

ゴブリンの中でもかなりの上位種だからか、ジェネラルの体格はヴォルフの倍以上。そこから繰り出される1撃1撃は、地面に大きなクレーターを作るし、横に薙《な》げば真空の刃《やいば》が部下ゴブリンをぶった切る。

その全てを、ヴォルフは軽々と回避。そして、存在を無視し続けるように部下のゴブリンの駆除を続けるって光景に出くわしたアリアは随分と悔しそうな顔をしてる。

「アリア。自分が強いと示したいなら、1人でやってみろ！」

ヴォルフはそう言ってゴブリンジェネラルの背後に回り込み、その背中を蹴《け》っ飛《と》ばすと宙を舞ってジェネラルはアリアの目の前に。

「……やってやるわよ！」

ヴォルフの挑発に犬歯むき出しの笑みとも取れないような凶暴な表情を浮かべたアリアはすぐさま突進すると、ジェネラルの方も雄たけびをあげながら俺くらいあるデッカイ鉈《なた》を大上段から振り下ろした。

「うらァ！」

これに対してアリアは、避けるでもなくその一撃を受け止めた。

どちらの武器も壊れる事は無かったけど、アリアは足首くらいまで地面にめり込んで、ジェネラルは腕が跳ね上がった程度に留《とど》まってるところを見ると、当たり前っちゃ当たり前だけど腕力は相手の方が上だ。

「頭悪すぎだろ」

普通の神経であんな一撃を真正面から相手にするとか考えないだろ。もし武器が破壊されでもしたら死ぬかもしれないのに、よくもまぁイカれた行為が出来るモンだよ。

とりあえず2人が合流したんで、俺もヴォルフのそばまで降りますか。

「まったく……あの一撃は真正面から受けても何の得も無いというのに、アリアは一体何をやっているんだか」

「それだけ父さんに実力を認めてほしいって事でしょ？」

避ける事はヴォルフもやっていた。じゃあ自分はアレを受け止めれば、強さの証明になるんじゃないか？　とでも考えたのかもしれない。結果は呆《あき》れられたが、それでもゴブリンジェネラルの1撃を受け止めたのは凄《すご》いんじゃないかな？

一方で、受け止められた側は随分とご立腹の様子だ。雄たけびをあげたかと思えば滅茶苦茶に鉈を振り回し始めた。

「うわー。あれ、大丈夫なの？」

土煙でアリアの姿があっという間に見えなくなった。武器同士がぶつかり合う音は聞こえるんで生きてるっぽいが、このまま見学してるだけでいいんだろうかとヴォルフに質問する。

「ああ。アレが本当にゴブリンジェネラルだったら少し助けようかと思ったんだが、あいつは1段下のゴブリンナイトリーダーという奴でな。それであればアリア1人でも、十分すぎるほど勝算があるから大して問題は無い」

「へー」

まさかのジェネラルじゃないとはね。体格からしてヴォルフの倍以上は優にあるっていうのに、勝算があると言えるって、アリアは本当にどんだけ強いんだよ。

「リック。アリアの背後を柔らかく」

「緩衝」

ヴォルフの指示で風魔法を展開すると、土煙の中からアリアが矢のように吹っ飛んできてそれに叩《たた》きつけられ、ポヨン。と軽く跳ねて着地。怪我《けが》しないように助けたのになんでかこっちを睨《にら》みつけてくる。解《げ》せぬな。

「油断するなといつも言ってるはずだぞ！」

急になに？　と思ったら、よそ見をしたのがいけなかったらしい。ナイトリーダーがアリアとの距離を詰め、大上段からの1撃が振り下ろされた。

「わざとに決まってんでしょうが！」

そうアリアが怒鳴ると、鉈が地面に激突。大量の砂煙が上がってまたなんも見えなくなったけど、すぐに何かが飛び出してきた。

一体なんだろうとその軌跡をボケーッと眺めてると、地面を2、3回跳ねてコロコロ転がってピタリと止まったのは、ナイトリーダーの首だった。

「……討伐完了ね。どうだったかしら父さん？　これでもアタシは弱い？」

キリッとした鋭い目でヴォルフを見据える姿は、いつもと違って随分と格好よく見えるな。

「当然だな。この程度の魔物に手こずるようじゃまだまだ。今度からはもう少しきつい訓練をす

るが、弱音を吐くなよ？」

そう告げながらアリアの頭を優しく撫《な》でる。でも、今普通に弱いって言われたのにどうしてアリアは嬉《うれ》しそうなんだろうね。これだったら、最初からあんなにふてくされる事も無かったじゃねーか。

「リック。汚れたから水」

「へーい」

言われるがまま、緑に染まったアリアを水球で包んで洗濯。少し時間がかかるんでヴォルフと雑談でもしますか。

「ところで父さん。ギルドにはなんて報告するの？」

今回依頼を受けたのはゴブリンの巣の破壊。詳しい内容は知らないけど、ジェネラルが居るってのは聞いてる。でも実際に居たのはナイトリーダー。正直に報告したら依頼料を下げられるのは明白。

俺としては、間違ってるのはあっちだからジェネラル倒してきましたよ、と報告したらいいんじゃない？　派。

「……そうだな。ならジェネラルが相手だった証拠として、そこに落ちてる鉈より一回り大きい物を用意してくれ」

「分かったー」

どうやらヴォルフも俺の派閥だったようで、証拠の捏造《ねつぞう》を指示してくれた。

「これでいい？」

「ああ。後は残ったゴブリンの駆除と建物の破壊だけだ」

「そっちは任せてよ！」

それを聞いた綺麗《きれい》になったアリアが、嬉しそうに駆け出そうとしたけど、俺が魔法で強制的に立ち止まらせる。

「魔石と骨の回収もしてもらっていい？」

「……分かったわよ」

事前に交わしておいた契約を口にすると、なんでか苦虫を噛《か》んだように表情を曇らせるが、俺には関係ない。ちゃんと仲直りさせた以上はしっかりと働いてもらわないとね。

「魔石はまだ分かるが、骨？　そんな物を拾って何に使うんだ？」

「端的に言うと、俺の魔法の代わりに畑に栄養を与えてもらおうと思ってね」

「魔物の骨がか？」

「そ。アリア姉さんにも手伝ってもらう事は了承済みだから、2人でなるべく沢山お願いね」

「アンタはその間何してんのよ」

「昼飯の準備と骨の回収だけど？」

ここでぐーたらと答えたら、アリアにぶん殴られる。それに俺は、魔法使いだから1歩も動かなくても、このゴブリンの巣程度の広さであれば回収は容易。

「という訳で、頑張ってねー」

って事で、まずはナイトリーダーとやらの死体から魔石と骨を回収。あとは粗末な家屋や櫓、柵《さく》なんかも1つ残らず風魔法で細かくしてから土魔法で埋め、テーブルと椅子を作って、綺麗になった更地で3人でゆっくり昼食を楽しんだ。

「さて。それじゃあ父さんは報告に行ってくるから、そこで待ってろよ」

「「いってらっしゃーい」」

それじゃあとばかりに戻ってくるまでぐーたらしたかったのに、アリアにまた襟首を掴《つか》まれて引きずられるように広場に連れてかれた。

「アリア姉さん？　父さんの話聞いてた？」

「うっさい。黙って座ってなさいよ」

何なんだよまったく……。まぁ、黙って座ってりゃいいのなら多少はぐーたらっぽくなるから、ギリ許したろう。

いやー。それにしても今日は疲れたなー。ゴブリンの巣の掃討なんて面倒な依頼の手伝いをさせられたせいでぐーたら力が大きく減ってしまった。こりゃあ数日——いや、数カ月は回復に専念しないとぐーたら道の階級が段から級に落ちちゃうかもしれないぞ。

そんな心配をしながらボケーッと空を眺めてぐーたらしてると、アリアに急に頭を掴まれてぐわんぐわん振り回されるからすぐに払いのける。

「急になに？　痛いんだけど」

「……よくやったわ。アンタの活躍でアタシの実力を父さんに知らしめる事が出来たわ。感謝してあげるんだから喜びなさい」

「感謝にしては乱暴がすぎるでしょ」

「細かい事に文句言ってんじゃないわよ。ほら。そろそろ帰るわよ」

少し離れた場所で何をするのかと思えば……首を痛めつけられるとはね。わざわざあの場所から距離を取った理由が全くの謎だが、また引きずられるように入り口近くに戻ってみると、すでに報告を終えたヴォルフが居たんでさっさと土板に乗って家へと帰還。

エレナへのもろもろの報告はヴォルフとアリアに全投げで、俺はさっさとベッドに潜り込んでぐーたらタイムを朝まで堪能させてもらった。

第8章

「……これはもう、1から作った方が早いし楽だねー」

「そうなのかい？　ボクには普通の馬車に見えるけど……」

俺とサミィが見つめる先にあるのは1台の馬車。

一昨日《おととい》、半日もかからずに水路工事を終わらせ、隣村の依頼も昨日1日でパパッと終わらせた。

これですぐに解決しないといけない大きな事案が片付いたという事もあって、王都への出発を早めるとの事。

それを聞いてエレナが急いで旅支度をし。ヴォルフはやれるだけの細かい仕事をこなす。

俺は王都まで乗っていく馬車を見てくれと言われ、連絡役としてサミィを引き連れて倉庫から馬車を引きずり出したんだけど、サスペンションもなければ車輪は木製。箱馬車には貴族としての家紋──何気に初めて見たな。それが刻まれてるけど、正直言ってルッツの幌馬車《ほろばしゃ》の方が何倍も豪華に見える。

まがりなりにも貴族の馬車なんだ。最低限豪華にしておかないといかんだろうし、道中のぐーたらライフのためには可能な限り快適に過ごせる環境にしないとな。

「サミィ姉さん。父さんにこれ壊して1から作っていいか相談してきてくれない？」

「まかされたよ」

サミィが確認を取っている間、やる事といえばもちろんぐーたら。

先の依頼で大きくぐーたら力を減らしたせいだろう。夢の中にぐーたら神が現れて――「君。このままと降段だよ？」と直々に宣言されているんで、1分1秒を真剣にぐーたらして微々たる量だろうとぐーたら力を貯《たくわ》えねばならない。


「おいリック。サミィから馬車を壊すと聞いたがどういう事だ？」

ぐーたらに注力してたら足早にヴォルフとサミィが来た。どうせならもうちょぃゆっくりやってほしかったんだけどなーと思いながら立ち上がる。

「父さん待ってたよー。そのまんまの意味だけど、駄目？」

「別に構わんが……見たところ何の問題も無いように見えるぞ？」

まぁ実際に何の問題も無いのは鑑定魔法で確認済みだが、ことぐーたらがかかってるとなると話は別だ。こんなクソ馬車で1カ月だぁ？　ぐーたら出来る訳ねぇだろっての！

ただでさえぐーたら力が減ってるところにこんな馬車で王都まで行って帰ってきたら、絶対に段位じゃなくなってしまうのでそれだけは何としてでも避けねばならんのだよ。

「全然ダメダメだよ。車軸も歪《ゆが》んでるし車輪にも細かいヒビが入ってる。車体も塗装が剥《は》げてるし所々中も腐ってる。これじゃあ王都まで無事にたどり着けるかどうか分かったモンじゃないよ」

なので平然と嘘をつく。俺が最低限ぐーたら出来る程度の馬車にするためにはこのくらいせんといかんのだよ。

「……確かに。そこまで傷んでいるとなると不安だな」

「そこで、魔法で1から作り直したいんだけど大丈夫だよね？」

「内容による。言ってみろ」

言ってみろというんで、現状で出来る限りの案を説明。

まず始めに、土魔法で車体を作るためにどうしたって重くなるんで、底部に風の魔道具を設置して風力で持ち上げるようにして重量軽減。

次に椅子にも同様の改修を施してサスペンションの代わりに。

最後に馬車を引く馬をゴーレムにする事で、24時間365日休みなく稼働させる。時間の短縮にもなるので、出発を遅らせてその分ぐーたらに専念出来る。

現状で何とか出来そうなのはこのくらいかな。

理想を言えば車輪じゃなくて飛行タイプにしたいし、椅子を人を駄目にする素材にしたり、空間魔法で見た目馬車なのに中は一流ホテルのスウィートルームって広さと内装にふっかふかのベッドやゆったり入れるお風呂《ふろ》はマストなんだが、空間魔法が使える事は秘密にしてあるんでスウィート計画は心の奥底にしまっておこう。

「──って感じかな」

そんな現実と理想を滔々《とうとう》と語り終えると、なんでか知らないけどヴォルフが突然に頭を抱えた。

報告会が近いからか最近働きすぎてるのが原因かもな。

「おばばから頭痛の薬貰《もら》ってこようか？」

「誰のせいでこうなってると思ってるんだ」

なんか知らないけど俺のせいだと言いたいらしい。

「ちょっと何言ってるか分かんないけど、1から作り直していいの？」

「駄目に決まってるだろ。我が家は男爵家だぞ？　魔道具を使った馬車など使って王都を訪れてみろ。敵前逃亡するような腰抜け貴族共が、何故《なぜ》自分達より珍しい物を持っているんだとやかましくなって、ついつい殺しちゃいそうになるだろう？」

そんな連中殺しちゃえばいいんだよ――そう言えれば楽なんだけどね。腐っても貴族。一気に居なくなられるとそれはそれで困る事があるらしいからな。

まぁ、その程度の事で俺がはいそうですかと言うと思ってるのかな？

「父さんさぁ。俺がそんな節穴連中に見つかるようなヘマをすると思ってるの？」

「なに？」

ヴォルフは救国の英雄であるにもかかわらず王国内の貴族に成り上がりと馬鹿にされて絶賛嫌われ中。そんな我が家の馬車に魔道具が使われてたところで気に留める奴《やつ》など誰もいないだろう。

それに、わざわざ外装を豪華絢爛《けんらん》にしようって訳じゃない。長時間座ってもケツが痛くならない椅子を作ったり、馬への負担を多少減らす程度の細工だ。パッと見ただけじゃあ多分気付かれないように作るつもりだしね。

「馬車を軽くしたり椅子を浮かせたところで、中に入ってくるとか下からのぞいたりしない限り平気じゃない？　って事を言いたいの」

万――億――兆に一つの確率でクソ貴族共が乗り込んでこようもんなら、その寸前にオフにすればいいだけだ。

つっても、外装が貧相な馬車に成り上がり貴族が乗ってると分かってて、そこまでしてくるような奴はまぁ居ないだろう。

「うーむ……リックの言い分も理解出来る。なら、本当に気付かれないというのであればいいだろう」

「ありがとね。じゃあさっそく始めるから。完成したらそれらの確認お願いね」

「ただし。馬を借りるのにすでに金を払ってるからゴーレム馬は1頭だけだ」

「はーい」

ちょっと面倒な注文は押し付けられたけど、金を払ってしまった以上はしっかりこき使わんとねって事で、道中で快適なトラベルライフを過ごすためのぐーたらを始めるとしますかね。

まずは、元あった馬車をバラして、極々薄切りに。

「そんなに薄く切ってどうするんだい？」

「偽装用に使おうと思って。こんな風に」

土魔法で馬車を作り、表面に薄切りにした木材を貼り付けていくと、土色の馬車があっという間に見た目だけは元通りの馬車になったではありませんかー。

「おぉ……見た目だけは元通りだね」

「でも頑丈さは段違いだよ」

何せそこそこの魔力を込めて固めたからな。アリアの一撃程度では傷一つつかないだろう自信作だ。

「とはいえ、土で作ったのでは馬に負担がかかりすぎると思うのだけど？」

「そのための魔道具だよ」

これが自前のゴーレムだけで事が済むんだったらそんな事をいちいち考えなくてもよかったんだけど、すでにルッツから馬のレンタルをしているので、いくら魔道具で軽くしようと、いつ何時その機能をオフにするか分からない以上は、その馬でも引ける程度の重量に落とし込む必要がある。

なので、馬車全体をハニカム構造にした。これが俺の知る高強度と軽量化を両立させる唯一の方法だ。

「こんな感じかな」

一応完成はした。一応可能な限り軽くはしたつもりだけど、やっぱ土魔法で作ってるんでまだまだ重い。なので、馬車の床をゴブリンナイトリーダーの魔石を使った風の魔道具に。それで、強制的に車体を浮かせるようにした。スイッチのオンオフは椅子の手すりの一部を改造し、それと床を繋《つな》げたんで、手元で簡単に切り替えられる。

つっても魔石は魔力が有限らしいと本に載ってたから、基本的にこの席はヴォルフか俺専用の席になってしまったが仕方ない。ぐーたらを前にしてその程度の事は些末《さまつ》と称する事すら無用だからな。

「随分とすごい風が出るんだね。どうしてかな？」

「車体を軽くするためだけど、さすがにダメかな？」

「そうだね。ちょっと風の勢いが強すぎるんじゃないかな？　砂埃《すなぼこり》が凄《すご》いよ」

早速躓《つまず》いたな。かといって弱くすると重量の軽減の効果が無いし。このままだと砂埃を巻き上げながら進む事になるんで、後列には多大な迷惑をかけるし、何より魔道具を使った馬車って一目で分かるよなぁ。

「どうしようか……」

「他に方法は無いのかい？」

「他かぁ……魔法でならどうとでもなるんだけどなぁ」

「今回はリックが王都に行くんだろう？　だったら今回は使うのを止《や》めて、君が直接持ち上げればいいんじゃないかな？」

「……それ、悪くない提案だよ。ありがとう姉さん」

そうだな。魔道具でどうにもならないなら、俺自身が馬車を軽くすりゃあいいんだな。幸いにも車体を軽くするなら俺の無魔法が火を噴くぜ。

「じゃあ車体はこれでいいとして、次は座席だね」

「しかし、座る場所に何か変化を加えるなんて出来るのかい？」

「簡単だよ。単純に今の失敗をそのまま椅子に流用すればいいだけだから」

まずは椅子となる部分に魔法陣を一席一席施し、そこに板をかぶせ、最後に馬車を浮かすスイッチの横に同じ物を設置すれば完成。

「とりあえず出来たから、サミィ姉さん。座ってみて」

「了解した」

サミィが椅子に座ったのを確認してから魔力を流してみると、魔力水の量が多かったのか、何も乗ってない板があっという間に天井にぶつかり、サミィを乗せた板も天井までは届かないものの、かなり浮いているというちょっと危ない状況になっちゃったからすぐに降ろす。

「ごめんサミィ姉さん。大丈夫?」

「怪我《けが》は無かったけど、これはさすがに危ないね」

「そうだね。あの高さって事は、魔力水は半分くらいでいいかな?」

「あとは安定しないのがいけないね。天井に手をついて何とかこらえられたけど、これも解決しないとさすがに乗っていられないかな」

ただ板を乗せただけだからか、サミィがバランスを取りながら座ってるのが一目で分かったね。こいつぁうっかりしてたぜ。

それから何度かトライアンドエラーを繰り返して丁度いい出力を導き出し、バランスに関しては四隅に穴を開け、そこに棒を通して対応する事に。

「こんな感じかな。どんな感じかいろんな道を走るから乗ってー」

外の街道がどんな路面か分かんないんで、石畳だったり凹凸の激しい道だったりといった様々なシチュエーションを想定して、とりあえず各１００メートルくらいの色々な道を作り、そこを走らせてみる。

「うん？　ルッツさんから馬を借りてこなくていいのかい？」

「まずはこれだけで実験」

馬車を動かすくらい朝飯前だからな。

まず手始めに平坦《へいたん》な道を。

次に石畳を。

そういった感じで、考える限りの悪路を走らせてはサミィにアンケートを取ってみたんだけど、
総じて乗り心地は良好との事。

「前に乗った時は随分とお尻《しり》が痛くなったんだけど、これに関して言えばそんな心配は全く無さそうだよ」

「なるほどね」

俺個人としても悪くないレベルだと思う。これ以上を求めるんであれば、少なくとも車の作り方なんかを学んでないと無理なんじゃないかな？

当然、俺にそんな知識は無い。

「それじゃあ……次はルッツから馬を借りてこようか」

「あぁ。そっちも試すんだね」

「一応馬がどんなもんか見ないとゴーレム作れないし」

って事で、魔法で馬車を村まで運んでルッツに事情を説明すると、随分と引きつった笑顔で馬を貸してくれた。さっそく繋げて試しに引っ張れるか実験するも、ハニカム構造で軽くしたとはいえ相当な重量になった馬車を1頭で引っ張るのはやっぱり無理があったみたいでビクともしない。

「どうなってるネ？　いつもであれば動くはずヨ？」

「色々手を加えた新しい馬車だからね。じゃあ予定通りゴーレム使いまーす。創造」

まず馬車の先頭を1頭引きから2頭引きに変え、土魔法で借りた馬と似たようなものを作り出す。

「リック様。これ、どうするネ？」

「ん？　一緒に引いてもらうに決まってんじゃん。繋いでもらっていい？」

生きてる馬の方はルッツに任せ、ゴーレム馬の方は魔法でそれっぽく繋いで早速いくつかの道を往復させてみると、1頭では動かなかった馬車がすいすい動く。

「うん。いい感じだね」

「ああ。坂道だろうとスイスイ進む力強さは圧巻だね」

「そうネ。しかし、これだけの事出来るならワタシの馬、必要ネ？」

「父さんが金払ったんだからこき使えってさ」

「……しっかりしてるネ」

さて。馬車もあっさり完成したって事で、あとはヴォルフに乗り心地を確かめてもらうとしますかね。

「で、これが完成したって馬車か」

「そ。だから乗って」

最後の実験のために、サミィにヴォルフを引っ張り出してもらった。

見た目は今まで使ってた馬車と何ら変わらないように見えるだろうが、中身は今持てる魔道具知識を活《い》かした乗り心地良く馬への負担も少ない高性能馬車へと生まれ変わっている――はずだ。

「……爆発したりしないだろうな」

「何を期待してるか知らないけど、そういった事は起こらないよ。サミィ姉さんにも事前に乗ってもらってるから危険は無いって」

「そうですよ父さん。むしろボクが王都へ行く時に乗っていた馬車と比べると、とても乗り心地が良くなっております」

「サミィ姉さんもこう言ってるからさっさと乗って。救国の英雄がこんな事でしり込みしないでよ」

ぐいぐいとヴォルフを馬車へと押し込み、椅子に座らせる。

「おい。リックは乗らないのか？」

「俺もう乗ったから。あ。そこの板に足を乗せて魔力流してね」

サミィの場合は魔道具を起動させるために俺も同乗したが、魔法が使えるヴォルフには不要な物なのでやり方を説明するとすぐに椅子に置いた板が浮いた。

「おぉ……本当に魔道具で作ったんだな」

「そう難しくなかったからね。でもちょっと威力が足りないねー」

うーん……やっぱりヴォルフほどの重量になるとサミィに合わせた浮力じゃ弱すぎるといっても、それが何とか出来るほど資材が豊富な訳じゃないからな。こういう場合は大人に我慢してもらう他ない。

「とりあえず座席は大丈夫っぽいのが分かったから、次は走破力を体験してね」

「分かった」

急ごしらえの凸凹道《でこぼこみち》を走り終え、ヴォルフが何とも微妙な表情で降りてきた。

「あれ？　ダメだった？」

見た感じ結構いい線いってると思ったんだけど、あの不満顔を見ると何か至らない点があったっぽいのかな？

「いや……かなりいいな。あれほどの悪路を走ったにもかかわらず揺れがあまり感じられなかった。魔道具1つでここまで変わるのかと驚いている」

「なんだビックリさせないでよ。じゃあ馬車はこれで決定でいい？」

「ああ。馬車本体はこれで何も問題はない。強いて言うのであれば少々やかましいのと、そこそこ魔力を消費する事くらいだろう」

とりあえず馬車に関しては合格らしい。見た目も多少サイズアップをした事で所々に土色が見えるけど、これはこれでシックな雰囲気があっていい馬車に感じる。

「だが問題が無い訳じゃないぞ。外観を見る限り、魔道具を使っていると分かりにくいが、このゴーレム馬はさすがに貴族の目に留まるぞ」

「なるほど。ちなみに馬をもう1頭借りるかこのゴーレムと交換って出来る？」

「ワタシ身代わりに使うのはさすがに勘弁してほしいネ」

ダメか。万が一ゴーレム馬だってバレた時でも知らぬ存ぜぬで見殺しにしようと思ってたんだけど、さすがにそのくらいはお見通しだったか。俺の性格をよく分かってるようで。

しかしそうなるとどうするか。

幌馬車《ほろばしゃ》――は布が無い。

荷馬車――ヴォルフが首を縦に振らない。

サイズダウン――これは案外いいんじゃないか？　乗るのは俺とヴォルフにあとは御者か。その3人くらいなんで、わざわざデカいのを作らんでも十分じゃね？

「じゃあ小さくするのは？」

「荷物はどうする」

あえなく却下――と。結局ゴーレム馬を何とかしなくちゃいけないってなると、やっぱより精巧なモンを作るしかなくなる訳で、面倒だけどやるしかないか。

「ちょっと待っててね」

丁度いい見本が目の前に居るんでじーっと眺める。

……よし。大体は理解したんでもう1回土魔法で馬を造形し直す。

「こんなんでどう？」

出来上がったゴーレムはかなりリアルなんじゃないかな？　少し角ばったように感じた全身も滑

らかな曲線を描いてるし、体毛も鬣《たてがみ》もかなり細かく再現出来た自信がある。

「これはすごいですね。色こそ違えど、隣の馬とほとんど一緒」

「ふむ……これなら大勢の目を誤魔化《ごまか》す事が出来そうだな」

「でしょー」

「ああ。それに関しては問題がない。しかし……これを走らせるとなると魔力を常時消費する事になるが大丈夫なんだな？　ちなみに父さんは無理だぞ？」

「余裕だよ。寝れば大抵何とかなるから」

ゴーレム馬1頭に馬車と座席を1日中常時起動させ続ける程度でぶっ倒れるほど魔力量は少なくはないが、これはこれで効率が悪い。

第一にオートに出来ないから常に寄り添ってないといけない。一応自律型にする方法もあるらしいんだけど、それをするためにはそこそこ大きな魔石が必要になるらしいから、表向きはどうしようもない。

「ならいい。見た目もウチの馬車そのものだが……ん？」

ヴォルフ的には軽く触ったつもりだったのかな？　撫《な》でるように車体に触れたら貼り付けておいた板材がベキベキ音を立ててはがれてしまった。

「土魔法で作ったって気付かれないように元あった馬車の木材を薄切りにして貼り付けてあるんだからもうちょっと加減してよ」

「それは謝るが、この程度で壊れる馬車に乗るのは不安なんだが？」

「表面以外は大丈夫だから」

「……確かに随分と頑丈だな。これならワイルドボアの突進程度では傷つかんかもしれんな」

頑丈さについてはお墨付きをもらった。ワイルドボアがどんな魔物かは知らんけど、名前を聞く感じだとイノシシっぽいんだろう。

「じゃあこれで大丈夫だね？」

「ああ。内装には魔石があるが、十分隠せる大きさだからな」

ヴォルフの許可も出たので、今日からこの馬車が我が家の正式な馬車に決定だ。まぁ、あまりに重すぎるんで馬1頭では引けないから、来年以降はルッツから2頭借りてもらわなくちゃいかんけど、儲《もう》けを考えると十分捻出《ねんしゅつ》出来る範囲だろう。

「じゃあこれで馬車作りおしまい！」

やっと終わった。欲を言えばやっぱりサスペンションだったりゴムタイヤだったりぐーたら出来る広々空間なんてものが欲しいけど、さすがに目立ちすぎるんでヴォルフからNGくらうのは明白だ。

「なら明後日《あさって》王都に向かうぞ」

「いきなりすぎない？　もっと準備とか必要だと思うんだけど？」

「ウチもルッツ達もすでに準備は済ませてある。後は昼まで自由にしてていいぞ」

「ふえーい」

さて自由な時間――いつも通りか。それが戻ってきた訳だけど、寝るには昼飯前なんで時間が少ないし、魔道具作りも論外。ってなるとやる事が無いな。

「どーすっかなー」

「ならアカネ起こしてほしいネ」

「んぇ？　そんなの別に石引っぺがしておばばの薬飲ませればいいじゃん。薬はまだまだあるから分けてあげるよ？」

あれからアカネはずっと魔力量の底上げに精を出してる。今までやってきた魔法使いも多少は同じ事をしてたけど、ここまで真剣に取り組んだ奴《やつ》は初めてだ。大抵の奴は目覚めた時のエグイ倦怠《けんたい》感と舌が馬鹿になるかもしれない恐怖に音を上げるからな。

そして肝心の簡単石だが、魔力を持たない者にとっては無害の黒い石でしかないから、引っぺがすのは簡単なんだ。むしろそっちで勝手にやってほしい。

「なんでもリック様に話あるらしいヨ。だからついて来てほしいネ」

「まぁ、暇んなったから別にいいよ」

って訳で、商隊や護衛達が泊まっている家にお邪魔すると、相変わらずアカネが顔色を悪くしながらソファでぐ～すか眠ってるんで、その手から簡単石をはぎ取って、おばばの薬を無魔法で舌の上にダイレクトシュート。

「!?!?!?!?!?」

「おっはー。なんか用があるって聞いてきたんだけどなに？」

「鬼ネ。喋《しゃべ》れないのを分かってて聞くなんて、人の所業違うヨ」

「失礼な。しっかりと目を覚ますためにはベロの上に広げた方が効果的だからそうしただけだよ。こっちも内容如何《いかん》ではお昼ご飯迫る中で間に合わないかもしれないって考えたらこれが最適解でしょ？」

「エレナ相手なら仕方ないネ」

「まぁ、このままだと可哀《かわい》そうなんで水くらいはあげるよ」

それから2杯の水を飲んで少し落ち着いたようだ。

「ふぅ……詠唱短縮のコツが知りたい……です」

「前にも言ったけど、面倒臭いって思いながら訓練する事だね」

「面倒という考え、理解しにくい……です」

「って言われてもなぁ……」

これしかやり方を知らんので、コツが知りたいと言われたところで他に教え方が分からん。分からんので、俺の考えを理解してもらうしかあるまい。

「そもそも詠唱ってなんでするの？」

「……なんで？」

「ルッツはどう思う？　父さんと一緒に戦場に居たんでしょ？　父さんが魔法を使えるし、味方に魔法使いくらい居たと思うけど、詠唱って長ったらしくてさっさと撃てやって思った事ない？」

「もちろん思た事あるヨ。でも、リック様と出会うまでは魔法ってそういうものだと思てたネ」

当然だね。ここは平和で多少詠唱が長ったらしくてもちょっと時間かかるなーくらいで済むけど、戦場では一瞬の遅れが文字通り命取りになりかねない。

そんな中で長ったらしい詠唱をつらつらとくっちゃべられるのはストレス以外の何物でもないだろう。

「その通り。ルッツが言ったように、詠唱なんかなくたって魔法はちゃんと発動するって事を知らないだけで、不要な物だとシッカリ理解すればおのずと短くしても何とかなる――と俺は思う」

「すごい適当ネ」

仕方ない。だって本当にそうやって詠唱が無くなったんだから他に言い方が無い。

「詠唱が不要……」

「そう。詠唱なんて最初から無かった。最後の一節だけでも魔法が発動する。それをどこの誰かが詠唱が必要だと勝手に作り上げたとか詠唱なんてクソくらえとか悪口でも考えながら練習あるのみ」

「ん……ありがと」

ふー。何とか納得させる事が出来てよかった。まぁ、実際に詠唱が短くなるかどうかは知らんが、ダメだった時は才能が無かったとか言って誤魔化せば納得するだろ。

「リック。それじゃあそろそろ行くとしようか」

「ん？　なんか出かける約束してたっけ？」

昼飯を食い終わり、さーて夕飯までぐーたらしますかねと少し気合を入れ直してたら、急にヴォルフから思いもしない事を言われ、逃げられないようにだろう、肩をがっしりと掴《つか》まれてしまった。

「何を言ってるんだ。明日の祭りのために隣村まで食材なり『酒』なりを購入しに行ってくると言ってあっただろう」

「あー。そういえばそんな事あったねー」

昨日はゴブリン討伐のために行ったんで、金を持っていってなかったからな。明日また来ようって事になってたんだっけ。特に、酒の追加購入にヴォルフは随分と嬉《うれ》しそうだ。

面倒臭いなーと思うけど。これも村人をこの村から逃がさないためだ。ぐーたらを我慢して働くとしますかね。

「えーっと。行くのは俺と父さんだけだよね？」

「ああ。皆は村で祭りの準備があるからな」

「……そうなんだ」

ヴォルフ1人であれば、多少ぐーたらしたところで咎《とが》められたり、襟首を掴んで引っ張り回すといった乱暴な事をしたりしないから非常に安心安全。ここにアリアもついてくるとか言ってきたら軽く絶望したろうね。

「なによ」

アリアにちらっと目を向けただけなのにギロリと睨《にら》まれた。

「別に。それより父さん、さっさと食材を買い出しに行こうよ」

「そうだな。ではエレナ。留守の間を頼む」

「分かったわー。ちゃーんとお買い物をしてきてねー。お酒ばかり買ってきたりしたらー、どうなるか分かってるわよねー？」

にこやかな笑みを浮かべているけど、その迫力はすさまじい。あれだけ穏やかだった食卓が一瞬にして凍り付くくらい。

まぁ、酒を前にしたヴォルフは相当なポンコツだからな。このくらい脅しをかけておかないと不安で仕方ないのが分かる。じゃあエレナがついていけばいいじゃん、と思うかもしれないけど、我が家で食べられるご飯を作れるのは俺とエレナの２人だけ。後は言わなくても分かるよね？

「じゃ。俺がお金を預かっておくよ」

ヴォルフに預けるのが不安なら、消去法で俺が預かるしかない。これであれば無計画に酒を買うなんて馬鹿な真似をするのは難しくなるだろう。

「いいわねー？　ちゃーんと食材とかに使うのよー？」

「分かってまーす」

エレナの指示に従わない＝死。とまではいかないけど、長く苦しい説教が待っているんで、ちゃんとアンケートの結果を最大限叶《かな》えられるように吟味しなくちゃいけない。

なので、ルッツと取引をしてる俺と、大人代表としてヴォルフに白羽の矢が立った。

「じゃ。行ってきまーす」

「はーい。ちゃーんと夕ご飯までには帰ってくるのよー」

これもいつもと変わらないんで、急がなくちゃいけない。さっさと土板に乗って高速で隣村までぶっ飛ばす。

「あれ？　今日も来るだなんて一体どうしたんですか？」

いつもは依頼が無い限りは訪れないからね。門番も不思議そうにしてる。

「ああ。村でちょっとした祭りをやろうと思ってな。皆にふるまう料理を作るための食材の買い出しに来たんだが、商人達は居るだろうか？」

「完全にとまではいえませんが、少なからず戻ってきていますよ。商人は耳がいいと聞きますが、これほど早く戻ってくるとは思いませんでしたよ。本当にありがとうございます」

早速商人が戻ってきてるらしい。昨日の今日だっていうのに随分と耳の早い連中だな。でも、そのおかげでこっちは買い物が出来るんだからな。ありがたいっちゃありがたい。

「おー。確かに賑《にぎ》わってるねー」

入り口を抜け、広場に続く道を歩いて——は嫌なんでいつも通り土板に乗ってヴォルフの後を追ってるわけだけど、昨日までのがらんとしたさみしさは随分と無くなってて、そこそこの数の店が開いてる。

そして並んでる商品よ。例えば野菜。どれも乾燥してなくて瑞々《みずみず》しく水分がたっぷりあるのがよく分かる。肉に関しても、きつい塩味に顎《あご》が痛くなるくらい硬く乾燥した物じゃなくて、鳥とウサギのプリッとした生肉が商品として並んでるってのは感動だなー。

「父さん。あれなに？」

とある店で見つけたのは、りんごっぽい果物。サイズはソフトボール大で、色はピンク。味次第だけど、見た目通りならエレナに頼まれたお菓子用に確保しておきたい。

「あれはリルルという森で簡単に採れる果物だったかな」

「美味《おい》しいの？」

「どうだろうな？　興味があるなら試しに買ってみたらどうだ？」

「そうしよっか」

とりあえず1つ買って食べてみる事に。

「うーん……あんま甘くない」

シャリシャリとした食感に結構な水分が出てくるのは梨っぽいけど、日本の果物やスイーツを知ってる者としては、甘みはほとんど感じられない。まぁ、手元に砂糖もあるし、ジャムなりコンポートなりにしちゃえばエレナも納得の新しいお菓子として使えるだろ。

そうして買った果物代に銀貨を支払い、他にも野菜や肉なんかを購入しては荷台をプラスした土板の上に載っけながら広場に向かって突き進む。

「そこのお2人。ウチの野菜も買っていっちゃくれませんかね？」

「こっちの肉は今日の朝狩ってきてるから新鮮ですぜ」

大量買いをしてるせいか、店から声をかけられる。こっちも食材は大量に欲しいから、呼び込まれるままに近づいては鑑定でざっくりと調べて、不良品があれば除《よ》けてからヴォルフが土板荷台に放り込んで、俺が代金を支払う。

これをさらに数店舗で繰り返し、荷台の3割が埋まったくらいでようやく広場に到着した。

「おー。昨日と違って人が多いねー」

「そうだな。とはいえ無関係な店も多いな」

あんなにがらんとしてた広場には、10を超える露店がある。中にはこっちが欲してる野菜なり肉なりを売ってるところもあるけど、大部分は何かの牙《きば》をアクセサリーに細工した物とか、随分と粗末な小型ナイフといった日用品だ。

「……ああいうのも一応買っておこうか」

「祭りに必要か？」

「簡単な遊びの景品にでもすれば盛り上がるかなーって」

輪投げだのボール投げだのといった子供向けの娯楽は、祭りには必要不可欠だろう。粗末で値段も安い物から、一点物の高級品まである。

「……たまに思うんだが、リックはよく色々な事を思いつくな」

「ぐーたらのためだからね」

大人がぐーたらライフの基礎を作ってくれてるとするなら、子供はそれを基に発展させてくれる大切な人材だ。それを蔑《ないがし》ろにして、ある日突然一揆《いっき》でも起こされたら面倒臭い。

これは、そうならないための数ある布石の中の1つとして、有意義に働いてくれるはずだ。

「そうか。なら沢山買わないとな」

だからといって何でもかんでも買うのはちょっとね。人の趣味をとやかく言うつもりはないけど、パッと見てタダでも渡されて困るだろうなーってのは除外。この辺は俺もヴォルフも男で少なからず歳を重ねてるから男趣味になるのは仕方ないので、近くの女児数人の意見を参考にいくつか購入。

礼としてリルルを差し出すとなんかめっちゃ喜んでくれた。

それからも、酒場を訪れて音楽が出来る人間がいないか聞いたり、ギルドでそういった人がいないか尋ねてみたりと出来る限りを尽くしたけど、こんな危険な世界で辺境といってもいい村には音楽が出来る人は居なかった。

「あーあ。音楽どうしよう」

「別に無くてもいいんじゃないか？　楽器が扱える人間は王都みたいな都市でなければ見かけないぞ？」

「うーん……そうだけど、今回はどうしても欲しいんだよね」

祭りといえば音楽だろ。確かに無ければ無いで文句は言わないかもしれないけど、俺個人としては絶対に譲りたくない。何せ領主であるヴォルフとぐーたらライフのために村の発展に尽力してる俺が王都に行くために1カ月も領地から居なくなるんだ。逃げ出そうとするなら最大の好機じゃないか。

そんな事をさせないためには、収穫祭以上の大規模なものにする。これならいい領主様って印象を強める事が出来るから、逃げようって気持ちは減ると思う。だから音楽って娯楽が要る。

というのを一通りヴォルフに説明したが、俺が心配性なだけだと言われてしまった。

「そんなに心配なら断言しよう。もし父さん達が帰ってくるまでに村人が1人でも逃げ出していたとしたら、今後一生涯酒を飲まないと」

マジかよ。あのヴォルフが酒断ちを宣言しただと⁉　あまりに衝撃的すぎて、それを理解するのに少し時間がかかった。

「本気で言ってるの？　母さんにも報告するよ？」

「別に構わないぞ。きっと母さんも無意味だと言うだろうからな」

エレナを引き合いに出してもびくともしないなんて……。どうやらヴォルフも、あのリーダーと同じで村を出て行く方が損をすると思っているらしい。

うーん……ここまで言われると、さすがに信じてみようかなって思いたい。

「じゃあ音楽は優先順位を下げるよ」

音楽が無いのは残念だけど、ヴォルフが酒断ちを宣言するほどだからな。それに、見つからないんじゃどうしようもない。

「そこまで必要だと言うなら、魔法でどうにか出来ないのか？」

魔法かぁ……魔道具でレコードみたいなのを作れば出来ない事もないかもしれないけど、針で円盤に溝を掘るってイメージしかない。詳しい構造は一切知らないんで作ろうと思っても作れない。

「ちょっと難しいねー」

「そうか。ところで話は変わるが、そろそろ帰る時間だ。にもかかわらず酒の購入を忘れているぞ？」

どうりでだいぶ前からそわそわしてると思ったよ。何も言わないから無視してたけど、そういう理由だったか。

でも、今日買っちゃったら明日までに飲み干されそうな気がするんで、行くのは場所を知るためと購入の予約をするにとどめておく。

「あー。それじゃあ行こうか」

「ふふふ。任せておけ」

もちろんそれを正直に話すのは事が済んでからだ。異論・反論は受け付けない。それに構ってたら夕飯に間に合わなくなって、エレナに説教されるのはヴォルフだけ。俺には何の不利益もないからな。


翌日。目を覚まして水魔法で顔を洗って着替えをささっと済ませる。

今日は祭りをする日だ。その事は昨日のうちにアリアやサミィによって村中に広まってるだろうし、ここからじゃ聞こえないけど、村の広場では今頃その準備のために色々してるだろう。

「ふあ……っ。眠い」

昨日、一昨日と随分と労働したなー。しかも今日もしなくちゃなんない。ぐーたらライフのためとはいえ、こうも労働が続くとやっぱり精神的にも肉体的にも疲労がたまる。

ちらっとベッドに目を向けると、二度寝しちまいなよーと誘ってる幻聴が聞こえてきて数歩引き寄せられる。

「ちょっとリック！　いつまで寝てんのよ！」

バーン！　と扉がぶっ壊れるんじゃないかってくらいの勢いでアリアが飛び込んできた。と思った時にはもう首根っこを掴《つか》まれ、力ずくで引っ張りまわされる。

「あらおはようリックちゃーん。今日は早起きねー」

「それだけ？」

リビングまで引っ張りまわされ、現状もアリアに首根っこを掴まれたままの俺に対して、エレナはにこやかな笑みと共に朝の挨拶《あいさつ》をしたのみ。ここは親として娘を叱るところなんじゃないですかね？

「アリアちゃん。リックちゃんが可愛《かわい》いからって連れまわしたらダメでしょー？」

叱ってくれはしたけど、ご飯に遅れた時やヴォルフの二日酔いに対する説教と比べるべくもなく弱いし、そもそも論点がおかしすぎるんだよ。どこをどう見れば可愛がってるって映るんだよ。

結局。エレナがそれ以上アリアに何かを言う事は無く、淡々と朝食の時間が終わった。

「さぁ皆ー。これからお祭りの準備をするわよー」

アリアとサミィは村人と一緒に祭りの手伝い。これは主に雑用って事らしい。

エレナはそこでふるまう料理を取り仕切る。

ヴォルフは料理を作るかまどや椅子などの運搬・設置を大人達に交じって行う。

そして俺は、昨日と同じで隣村に行って食材と酒を買ってくる。

「さぁ。夜まで時間が無いわよー。各々頑張ってねー」

最後にエレナがポンと手を叩《たた》いて解散となった。

さて。それじゃあ俺も未来のぐーたらライフのために、さっさと隣村に行きますかと、席を立って家を出たらヴォルフがそこに居た。

「どうしたの父さん？」

「いいかリック。絶対に酒を買い忘れるんじゃないぞ？」

真剣な表情で何を言うかと思えばそれですか。確かに今日は昨日と違って俺1人で隣村まで行く事がとても不安なんだろう。大事な大事な木板を手渡された。

「じゃ。行ってきまーす」

祭りのため。ひいてはぐーたらライフのため。土板をかっ飛ばしてさっさと隣村まで移動する。

「こんちはー。お酒の予約してたカールトンですけどー」

あっという間に到着し、昨日と同じように声をかけてくる商人達から、これ以上は勘弁。とギブアップが入るまで購入。まぁ、昨日より量は少ないけどそれは仕方ない。野菜も肉も1日で出来るようなもんじゃないしね。

そんな人込みを抜けてやってきた酒場でカウンターに居るおっさんに説明と一緒に予約の証拠である木板を突き出す。

「……ちょっと待ってな。おい」

マスターの指示？　に、店内にいた数人の従業員らしき人物達が一斉に店の奥に消えていった。

まぁ、結構大量に購入したし1人じゃ運べないから仕方ないよね。そして、それを運ぶのが店員の仕事なんだから頑張ってねー。

「これで全部だな」

「ありがとねー」

最後に代金を支払って店を出る。さて。これでこの村で出来る事は全部終わった。一応音楽が出来る人についても尋ねてみたけどどうにもなんなかった。仕方ないけどこれがこの世界の限界だからね。諦《あきら》めよう。


「おー。随分進んでるみたい」

上空から村の様子を窺うと、広場には収穫祭の時にも使う巨大な寸胴鍋《ずんどうなべ》や中華鍋が、獣人少女の火魔法で熱されてて、その周りではおば——じゃなくてお姉さん方がせわしなく食材を切ったり鍋で煮込んだり炒《いた》めたりと賑《にぎ》やかで、そこにはエレナの姿もある。

少し離れた場所で地上に降下して、ゆっくりと近づく。

「ただいまー。お酒はどこに置いておくの？」

「はーい。おかえりなさーい。そうねー。とりあえず隠しておいてー」

「分かったー」

「そしてー、それが終わったらお菓子を沢山作るのよー」

「……ふえーい」

さて。とりあえず酒は亜空間——だと取り出す時ちょっと怖いんで、いくらヴォルフでも届かないだろう上空に土板で待機させておいて、こっちはお菓子を作りましょうかね。

メニューとしては簡単なリルルのコンポート。それから牛乳も手に入れたからバターを作ってアップルパイ風にも出来るな。これなら今ある材料で作れるうえに新しい。エレナの要望を叶《かな》えてる。

えーっと確かコンポートはリルルの皮と芯《しん》を取り除いて8つ切りに。これを水と砂糖と一緒に鍋に入れて弱火で煮込む。

「……うん。まぁいいだろ」

まだ酸味が残ってるけど、それでも十分甘い。これはこれで大皿に盛り付けておけば勝手に食べるだろう。さっさとアップルパイもどきを焼かないと。こっちは結構時間がかかるからな。

まずは買ってきた牛乳を瓶に入れ、魔法で振りまくる。

その間にも麦を粉状にして何度かふるいにかけながら一旦《いったん》外に。

うちにはオーブンが無いんで、土魔法でそれっぽいのを製作。２００度になるように火魔法を使いながらキッチンに戻って、出来たバターを1センチ角に切って麦粉と混ぜ、さらに塩を溶かした冷水も入れて粉っぽさが無くなるまで混ぜる。それを氷魔法で2時間ほど低温で放置する必要があるんで、一旦広場の様子でも見に行きますかね。

その前に——

「味見の域を超えてるよ。アリア姉さん」

くるっと振り返ると、リルルのコンポートで両ほほをパンパンに膨らませたアリアがそこに居た。

その食べっぷりを見る限り、気に入ってくれたようだ。しかし、確か祭りの準備の雑用をしてるはずなのに、なんでここに居るんだろう？

「……母さんが呼んでるから迎えに来たのよ」

「あっそう。じゃあ行こうか」

きっとお菓子の事だろうと、大皿にのったコンポートを手に広場に向かう。モチロン道中もアリアが鋭い眼光で狙ってたみたいだけど、これ以上食べるつもりならエレナにチクると言ったら大人しくなった。

「母さーん。呼んでるって聞いて来たけどー？」

「そうよー。ちょっと聞きたい事が――ってそれは何かしらー？　甘い匂いがするじゃないのー」

「リルルって果物を使ったお菓子のまだ具材段階だけど、このままでも美味《おい》しいから味見にどうぞ。アリア姉さんも美味しそうに食べてたよ」

「あらー。それじゃーいただくわねー」

といって大皿ごと奪われました。これは……言うべきか？

「あの……」

「あらー。とっても美味しいわねー。何かしらー？　リックちゃーん」

「いえ。何でもないです」

怖ぁ……。あのまま言葉を続けてたらどうなってたのか。考えるだけで背筋が凍り付く。アリアも俺の肩をポンと叩く。

「諦めなさい」

「そうするよ」

よく見ると、他のお姉さん方にもおすそ分けをしてるみたいだし、リルルにもまだ余裕はある。

何せ金貨8枚だからな。結構な数を買ってあるのだよ。

それから、獣人少女の働きぶりを確認したり、いつもと変わらず畑仕事をしてる男連中の手伝いをしたり。こんな時でも訓練をしてるグレッグのところにアリアを押し付けたりとしてるうちに2時間が経過。

冷やしておいた生地を、伸ばしては折り返すって作業を5回くらい繰り返せば、パイ生地の完成。後はこれにたっぷりのリルルのコンポートを入れて――

「そうだ。ついでにカスタードも入れよう」

コンポートはさっき味見させちゃったからね。驚きをプラスするなら追加要素がないと。そもそも牛乳も卵も長持ちしない。だったら祭りなんだから贅沢《ぜいたく》にいこうじゃないか。

砂糖と卵黄を白っぽくなるまで混ぜ、そこに麦粉を追加して軽く混ぜる。沸騰しないギリギリの牛乳を少しずつかき混ぜながら入れ、鍋を中火にかけてもったりするまでかき混ぜたら完成だ。

「うん。バニラの風味はないけど甘くて美味《うま》い」

これとコンポートをパイ生地で包み、表面に卵黄を塗ってオーブンで焼いたらアップルカスタードパイ風の完成。

そうして延々とお菓子を作り続け、十分な量だろうとひと息ついた頃には辺りはすっかり暗くなり始めてた。

「今夜は飲んで騒いで日頃の鬱憤《うっぷん》を晴らそうじゃないか！　乾杯！」

ヴォルフが宣言と共に酒の入ったコップを高々と掲げると、村の皆が一斉にそれに応えて酒やリルルを絞って作ったジュースを飲み干す。

そうして始まったお祭りだけど、やっぱり音楽が無いのはさみしいねぇ。一応明かり取りのために作った巨大な焚火《たきび》を囲むように、十数人の村人が手拍子なんかで踊ったりしてるけど、個人的には物足りない。

飯は美味い。新鮮な野菜に肉の入ったスープも、大振りに切って焼かれた肉もこの村じゃあ滅多にありつけないごちそうだからね。

子供達は、適当に作った輪投げや的当てなんかに興じてて、ネックレスや指輪なんかが当たるたびに一喜一憂。その店番はリーダーとチャラ獣人がやってくれてる。別に獣人少女だけでよかったんだけど、2人共手伝うといって聞かなかったんでやらせる事にした。

そんな子供達の手にはりんご飴《あめ》ならぬリルル飴がある。

俺自身は食った事は無いけど、意外と美味いらしいとの事で急遽《きゆうきよ》作ってご自由にとの看板の近くに置いておいたら大好評。もちろんコンポートもカスタードアップルパイ風も好評だ。特にエレナに関してはルッツを相手にお願いという名の脅迫に近いお話をしてる。

ヴォルフに関しては、村の男連中と一緒に酒をがぶがぶ飲みまくってる。あんなに飲んで王都移動に影響が出なきゃいいけどね。

サミィは、お姉さん方に囲まれてハーレムみたいになって主に会話を楽しんでるっぽいね。それでも肉やスープはちゃんと食べてるようで一安心。

そしてアリアは、デザートや肉を食うのはほどほどに、端の方でこんな時でもグレッグと軽い訓練をやってる。何でも視界の悪い状態で訓練出来るのはこういう時だけだからとヴォルフも了承済みだとか。

そんな祭りを楽しんでるのを見てる俺は、絶賛土板の上で液体になってます。

ここ数日本当にハードに働かされた。そのおかげでぐーたら神からは冷たい目で見られるし、ぐーたら道の開祖からはそれでも段位者か！　と説教された。そのお陰で、こうして指一本動かすのもしんどいなーと思うほどの、深いぐーたら状態を維持しなくちゃなんない。これは謝罪なのですよ。

まぁ、そんな姿をしてたら誰かには必ず声をかけられるんで、今は少し離れた場所で祭りの様子を眺めさせてもらってます。

「王都かぁ……」

正直、行くのはすこぶる面倒臭いけど、楽しみではある。

魔道具の情報は絶対に欲しいね。最高なのは氷の魔道具か魔法陣。これが手に入れば、ぐーたらライフはかなり前進する。そして王様からふんだくる報酬。こっちも加減はしない。自己満足で俺を呼びつけたんだ。覚悟はしてもらおう。

後は畑だな。今回はゴブリンの骨を粉末にした物を大量に用意。それを1カ月に分けて撒《ま》いてとの指示は出しておいたから何とかなると思うけど、出来る事なら腐葉土や堆肥《たいひ》が欲しい。王都ならワンチャンと期待している。

そうしていずれは、俺が何もしなくても回るような村から町になっていってほしいよね。

「ふあ……っ。明日に備えてもう寝るかな」

今ならベッドまで魔法で移動してもバレないだろう。

お休みなさーい。

あとがき

初めまして。開会パンダですー。

この度はこの本を手に取っていただき感謝申し上げます。

……さて。あとがきとの事ですが、正直初めてなので何を書いていいのか分かりません。

なので、担当さんに何をどう書いたらいいのかを聞いてみたら、この作品についての思い入れ。書籍化作業の感想。謝辞。好きな事。との答えを貰《もら》いましたので、1つずつ答えてみようと思います。

まず1つ目の思い入れですが……何をどう書けばいいんですかね。ネットで調べても短い例文しか出てこないんで、どう書いたらいいかさっぱりです。なので、この作品が出来た経緯を話します。

この作品は、コロナによる緊急事態宣言で時間が余って暇だったので書いた物を、カクヨムに投稿しました。昔からマンガも好きですがライトノベルも好きで、バトル物やラブコメだったりを色々と読んでアニメも見たりしてたんですが、とある日にネット小説という物を知って、そこでスローライフ物に出会いました。記憶している限り、それまではスローライフ物を知らなかったんじゃないかと思います。

いやー面白い。今まで見てきたバトル物のバチバチとした面白さやラブコメのドキドキしながらクスッと笑える面白さと違って、スローライフ物は落ち着いた面白さっていうんですかね。そして読んでるうちにこういうのを書いてみたいなーって欲求が出てきて、時間もあったんで書いたのが今作なんですよ——って感じでいいんですかね？

分からないので２つ目に。書籍化作業の感想ですが、これは難しいけど楽しかったです。

正直、今でも自分の作品の善《よ》し悪《あ》しが分かってません。最初、受賞のメールに関しても、応募はしたけどＰＶが伸びればいいなーという軽い気持ちだったし、同じ物を２、３年続けて出してたので受賞しないだろうと思ってたから、これはヤバい物だとそのメールを無視してました。そうしたらまた同じメールが来たので、さすがに本物なんじゃ？　と思い、開いてみたら本物だった訳で……マジですみませんでした。

そんな作品も、担当さんに沢山の指摘を貰いました。誤字脱字の修正は当然。特に使うと誤解を招きかねない漢字があるというのはビックリしましたね。家族に関するエピソードを追加をする作業に関しても、どこが悪いのか、どんな話を追加したらいいのかの提案をいただいて、自分なりに頑張りました。駄目な表現等々も細かく教えていただいて本当にお手数かけました。おかげさまでいい作品になったんじゃないかなと思います。

最後に謝辞。これもネットで調べたら感謝やお詫《わ》びとの事なので。

カクヨムで読んでくださってる方々。皆さんのおかげでカクヨムで受賞する事が出来て、こうして書籍になりました。ありがとうございます。

担当さん。追加・修正などの助言の数々をしていただいてより良い作品にしていただきまして感謝しております。

イラストレーターの桧野《ひの》ひなこさん。特に考えもなく書いてたので、キャラに関しての情報がほぼゼロの丸投げにもかかわらず、素敵なイラストを描いていただきまして感謝しかありません。

さて……後は好きな事を書いていいといわれたので、書いてみます。

皆さん冬は好きですか？　身を切るような寒さ。少ない日照時間。交通の邪魔になる雪。様々な弊害はありますが、作者はどちらかと言えば好きな方です。もちろん過ごしやすい春や秋には敵《かな》いませんがね。

理由としては寒さに強いというのもありますね。小さい頃からあまり暖房器具を使わず生きてきたので、今でも毛布にくるまってればオールＯＫ。他にも、やはりスマホゲームをやってる身としては、年末キャンペーンが非常に魅力的なので。特に緑の恐竜と赤い雪男のコンビには大変お世話になってます。皆さんはどうですか？　干支？　当たりました？　作者はこの日のために天井分溜《た》めてるのでもちろん獲得してます。

などとつらつらと書いてきましたが、最大の理由としては単純に夏が嫌いなんですよね。

あの数カ月は本当に気が滅入ります。暑いし蝉がうるさいし特に蚊。奴《やつ》の存在はカエルと同じくらい許しがたいですね。蚊取り線香などで対策を講じても、寝てても運転してても気が付けば痒《かゆ》くなっててストレスが溜まる。一瞬でかゆみが無くなればいいんですけど無理じゃないですか。

そんな訳で、作者は蚊もカエルも居なくて暑くもない冬が好きです。

では。またの機会がありましたら手に取っていただけることを願って……。

カドカワBOOKS

二度目《にどめ》の人生《じんせい》は「ぐーたらライフ」で。
～働《はたら》きたくないので、今《いま》のうちに魔法《まほう》で開拓《かいたく》しておきます～

2025年 3 月10日　初版発行

著者／開会《かいかい》パンダ

発行者／山下直久

発行／株式会社KADOKAWA

〒102-8177
東京都千代田区富士見2-13-3
電話／0570-002-301（ナビダイヤル）

編集／カドカワBOOKS編集部

印刷所／暁印刷

製本所／本間製本

●お問い合わせ
https://www.kadokawa.co.jp/（「お問い合わせ」へお進みください）
※内容によっては、お答えできない場合があります。
※サポートは日本国内のみとさせていただきます。
※Japanese text only

Printed in Japan
ISBN 978-4-04-075846-6 C0093

新文芸宣言

かつて「知」と「美」は特権階級の所有物でした。

15世紀、グーテンベルクが発明した活版印刷技術は、特権階級から「知」と「美」を解放し、ルネサンスや宗教改革を導きました。市民革命や産業革命も、大衆に「知」と「美」が広まらなければ起こりえませんでした。人間は、本を読むことにより、自由と平等を獲得していったのです。

21世紀、インターネット技術により、第二の「知」と「美」の解放が起こりました。一部の選ばれた才能を持つ者だけが文章や絵、映像を発表できる時代は終わり、誰もがネット上で自己表現を出来る時代がやってきました。

UGC（ユーザージェネレイテッドコンテンツ）の波は、今世界を席巻しています。UGCから生まれた小説は、一般大衆からの批評を取り込みながら内容を充実させて行きます。受け手と送り手の情報の交換によって、UGCは量的な評価を獲得し、爆発的にその数を増やしているのです。

こうしたUGCから生まれた小説群を、私たちは「新文芸」と名付けました。

新文芸は、インターネットによる新しい「知」と「美」の形です。

2015年10月10日
井上伸一郎